AF291110

GEDANKENKUNST
VERLAG

Emma verbringt ihre Zeit am liebsten in der Welt der Bücher. Doch das Ende der Schulzeit rückt bedrohlich näher und sie weiß nicht, wie sie ihr zukünftiges Leben gestalten möchte. Eines Tages trifft sie auf den seltsamen Eli, der sich in ihrem alten Baumhaus einquartiert hat. Nach anfänglichem Misstrauen ist Emma fasziniert von dem geheimnisvollen Vagabunden. Im Gegensatz zu ihr, scheint er genau zu wissen, was er will. Schon bald muss sie jedoch erkennen, dass Eli mehr ist als ein gewöhnlicher Mensch. Ihn umgibt ein Geheimnis, und Emma muss plötzlich die wichtigste Entscheidung ihres Lebens treffen.

Die Türen dazwischen ist eine Geschichte über die Angst vor der Zukunft und den Mut, seinen eigenen Weg zu gehen.

Sarah Scherber ist Mitgründerin des Gedankenkunst Verlags, hat Germanistik und Linguistik studiert und lebt in Düsseldorf.

Sarah Scherber

Die Türen dazwischen

Vollständige Taschenbuchausgabe
1. Auflage

Dieser Titel ist auch als E-Book erschienen

Die Deutsche Nationalbibliothek verzeichnet diese Publikation in der Deutschen Nationalbibliografie; detaillierte bibliografische Daten sind im Internet über dnb.dnb.de abrufbar.

© **Gedankenkunst Verlag UG, Düsseldorf 2022**
Grevenbroicher Weg 23, 40547 Düsseldorf
Text: © Sarah Scherber
Lektorat: Anja Koda
Illustrationen: © Sarah Scherber
Cover Design: © Ria Raven Coverdesign
Herstellung: BoD – Books on Demand, Norderstedt

ISBN 978-3-9824752-0-2
www.gedankenkunst-verlag.de

DEIN EIGENER WEG
LIEBE
MÖGLICHKEITEN
VERÄNDERUNG
ANDERE PERSPEKTIVE
E+E
MUT
ANGST
ZWEIFEL
DAS UNBEKANNTE
NEUES ENTDECKEN
ABENTEUER

 Kapitel 1 

Mittagspause.

Kurz nach dem Ende der Sommerferien.

Unser allerletztes Schuljahr.

Wir saßen zu zweit auf einer steinernen Mauer, die das Schulgelände von dem angrenzenden Stadtpark trennte, und sahen Luka und Anatoly – mal mehr, mal weniger aufmerksam – beim Skaten zu. So verbrachten wir eigentlich jede Pause, wenn es einigermaßen warm war und nicht regnete. Und dieser Freitag war ein perfekter Sommertag. Der nächtliche Regen hatte die Hitze des Vortages weggespült und geblieben war eine angenehme Wärme und ein beinahe wolkenloser, strahlend blauer Himmel. Die Luft war voller Leben und von überall her strömten Geräusche zu uns herüber. Das Gekreische einiger Kinder, die vermutlich Fangen spielten, das Rollen der Skateboards auf dem Asphalt, das Zirpen der Grillen und das entfernte Rauschen vorbeifahrender Autos.

»Schon komisch«, sagte ich zu meiner besten Freundin Sina, die neben mir saß. »In einem Jahr haben wir unseren Abschluss und danach wird alles ganz anders sein.«

Sie setzte sich ein Stück auf und ließ die Beine von der Mauer baumeln. »Zum Glück. Ich bin so froh, wenn die Schulzeit endlich vorbei ist. Allein dieser Tag dauert gefühlt noch eine Ewigkeit.«

»Ich weiß nicht. Manchmal würde ich gern die Zeit anhalten.«

»Auf keinen Fall! Nach dem Schulabschluss haben wir doch viel mehr Freiheiten.«

»Wahrscheinlich hast du recht«, sagte ich nachdenklich und blickte in Richtung Stadtpark.

Luka sprang gerade mit seinem Skateboard in die Luft und versuchte auf dem Geländer einer Treppe zu sliden. Er rutschte ab, konnte sich aber noch fangen, landete wankend auf den Füßen und rannte sogleich seinem Board hinterher, das polternd davonrollte.

Früher hätte ich mich in diesem Moment sicherlich erschreckt, inzwischen hatte ich mich aber an diese Beinahe-Unfälle der beiden gewöhnt und richtete meine Aufmerksamkeit wieder auf das Buch, in dem ich eben noch gelesen hatte.

»Was liest du da eigentlich?«, fragte Sina, als ich erst ein paar Sätze weit gekommen war, und warf einen kritischen Blick auf das Cover, auf dem eine Frau hingebungsvoll in den Armen eines gutaussehenden, offensichtlich muskulösen Mannes lag. Im Hintergrund war undeutlich ein idyllischer Rosengarten zu erkennen.

»Emma, was ist das denn? So was liest du doch sonst nicht.« Sina verzog angewidert das Gesicht.

»Das Buch lag zu Hause rum und ich dachte, ich probier's mal aus.« Ich grinste ertappt.

»Worum geht es? Hat sie sich in den Gärtner verliebt?«

»Nein«, lachte ich. »Aber die Geschichte ist tatsächlich relativ vorhersehbar. Ich wette, am Ende stellt sich heraus, dass der unauffällige, aber gutaussehende Nachbar, der ihr im Treppenhaus immer freundlich zulächelt, die Liebe ihres Lebens ist.«

Sina runzelte die Stirn. »Also, bei mir nebenan wohnen nur die alte Flanders mit ihren drei Katzen und dieser pickelige Typ, der sich jeden zweiten Tag was beim Chinesen bestellt.« Sie zog ihre Tasche zu sich heran und begann darin herumzukramen. »Schlechte Aussichten für mich.«

Ich lachte über Sinas gespielt enttäuschten Tonfall.

Luka und Anatoly hatten mittlerweile genug vom Skateboarden und gesellten sich zu uns.

Sina grinste mich vielsagend an und nahm dann einen großen Bissen von dem Apfel, den sie soeben hervorgeholt hatte.

Die Jungs machten es sich ebenfalls auf der Mauer bequem. Anatoly, von uns meistens einfach nur Ana genannt, quetschte sich zwischen Sina und mich, und Luka nahm neben mir Platz.

Ich ahnte, dass ich jetzt sowieso nicht mehr zum Lesen kommen würde, knickte als Markierung die obere Ecke der Seite um, auf der ich zuletzt gewesen war, und schlug das Buch zu. Mein Vater hasste es, wenn ich das tat. Vielleicht tat ich es gerade deshalb so gern. Es machte mir Spaß, ihn damit zu necken. Aber abgesehen davon mussten Bücher meiner Meinung nach nicht behandelt werden wie rohe Eier. Sie durften ruhig gelesen aussehen, denn je öfter sie gelesen wurden, desto mehr wurden sie gewürdigt.

Ana rutschte auf seinem Platz hin und her und lehnte das Skateboard an die Mauer.

»Sina sucht also nach der Liebe ihres Lebens?«, fragte er wie beiläufig, aber mit neckischem Unterton und blickte grinsend von mir zu ihr.

Sie rollte mit den Augen. »Du hast keine Ahnung, worum es geht, musst dich aber wieder einmischen.«

»Ich will doch nur an eurem Gespräch teilhaben.«

»Nein, du willst mir offensichtlich auf die Nerven gehen.« Sina hatte den Apfel bereits aufgegessen und warf das übriggebliebene Kerngehäuse in ein nahegelegenes Gebüsch.

»Lass uns schon mal reingehen«, sagte sie zu mir, ohne Anatoly weiter Beachtung zu schenken. »Ich muss ja gleich diesen Vortrag halten.«

Sie stand auf und klopfte sich den Staub von der schwarzen, löchrigen Jeans. Sina hatte ein vollkommen anderes Erscheinungsbild als ich und ich betrachtete sie, trotz all der Jahre, die wir uns inzwischen kannten, immer noch voller Bewunderung. Ihr langes Haar, das normalerweise wie meines blond gewesen wäre, hatte sie zu diesem Zeitpunkt in einem hellen, glänzenden Türkiston gefärbt. Sie trug gerne dicken, schwarzen Eyeliner und roten Lippenstift. Auf ihrem T-Shirt war das Logo einer Band zu sehen, die ich nicht kannte, und ihr rechter Oberarm wurde nun schon seit einem halben Jahr von einem großen Tattoo verziert. Das Tattoo zeigte einen Traumfänger, der mit vielen Federn und Blumen geschmückt war.

Mit meiner Latzhose aus hellem Jeansstoff und einem weißen T-Shirt darunter, war ich bei Weitem nicht so auffällig gekleidet wie sie. Aber ich wollte auch gar nicht unbedingt auffallen. Und ich mochte Latzhosen, wegen der vielen Taschen, in denen man überall etwas verstauen konnte.

»Bis später, Luka«, sagte sie betont nur an Luka gerichtet und warf Anatoly einen feindseligen Blick zu. Ich verabschiedete mich ebenfalls und wir liefen in Richtung Schulgebäude.

»In deiner Nachbarschaft wirst du deinen Traummann wohl nicht finden, aber Anatoly steht eindeutig auf dich. Das ist schon seit einer Weile kaum zu übersehen«, sagte ich, als wir uns ein Stückchen von den beiden entfernt hatten, und hakte mich bei Sina unter.

Sie wandte sich kurz irritiert in meine Richtung. »Der Idiot?« Sie schnaubte. »Nein, sicherlich nicht. Und selbst wenn er Interesse an mir hätte, was sollte ich mit dem? In seinem Kopf gibt es doch neben Skateboards und Pornos nicht viel.«

»Ach so? Dann wundert es mich ja, dass wir so viel mit den beiden rumhängen, seit du Ana vor ein paar Monaten kennengelernt hast.«

»Du verstehst dich doch auch gut mit Ana?«

»Ja.«

»Und mit Luka?«

»Ja.«

»Dann komm du doch mit Luka zusammen.«

Ich lachte. »Nein.«

»Siehst du«, sagte sie, stieß die Eingangstür auf und zog mich eilig mit ins Schulgebäude.

Ich saß auf meinem Platz im Klassenraum, hatte den Kopf in die Hände gestützt und beobachtete das Geschehen. Wir hatten Philosophie und Sina hielt einen Vortrag über Menschenrechte. Normalerweise gab sie sich mit Hausaufgaben oder Referaten nie besonders viel Mühe, aber dieses Thema schien sie zu begeistern. Sie hatte schon vor Beginn der Stunde damit angefangen, ihre Präsentation vorzubereiten, den Beamer aufgestellt und ihre Unterlagen bereitgelegt. Hatte, als unsere Lehrerin hereingekommen war, kurz mit ihr gesprochen und danach sogar Handouts ausgeteilt, obwohl diese nicht gefordert gewesen waren.

Inzwischen war Sina schon fast am Ende ihres Vortrages angekommen. Sie hatte über die Gleichheit der Menschen gesprochen und darüber, wie wichtig Redefreiheit war. Gerade erzählte sie davon, dass auch heutzutage Frauen noch in einigen Ländern von den Männern unterdrückt wurden. Sie war voll dabei.

Ich dachte darüber nach, wie gut es mir eigentlich ging und wie privilegiert ich war. Dass ich alle Freiheiten hatte, die ich mir wünschen konnte. Ich hatte auch alle Möglichkeiten zu tun, was ich wollte. Und statt diese Möglichkeiten zu nutzen und mir ein sinnvolles Ziel zu setzen, schlug ich mich mit der Frage herum, was es überhaupt war, das ich wollte. Dies war mein allerletztes Schuljahr und ich musste mir wohl oder übel Gedanken darüber machen, was danach kommen sollte. Bisher hatte ich dieses Thema möglichst verdrängt und mich lieber in meinen Büchern verkrochen. Denn diese Frage ging über die einfache Wahl eines Berufs hinaus. Wie wollte ich mein Leben denn gestalten? Wie sollte ich jemals eine endgültige Antwort auf so eine entscheidende Frage finden?

Mein Gedankengang wurde unterbrochen, denn Leif, der Schüler, der im Laufe unserer Schulzeit wohl am häufigsten des Unterrichts verwiesen worden war, störte Sinas Vortrag und rief dazwischen:

»Ach, deshalb können die meisten Frauen auch nicht boxen.« Er grinste und blickte einen Moment zu seinen Freunden hinüber. »Na, weil sie keine Rechte haben.«

Die meisten schienen einen Augenblick zu brauchen, um den Witz zu verstehen, doch auch, als er zum Unterstreichen einmal mit der rechten Faust in die Luft boxte, lachte niemand. Offensichtlich war das selbst seinen Freunden zu blöd.

Ich sah, wie Sinas Augen sich zu wütenden Schlitzen verengten. Normalerweise hatte sie nichts gegen Witze auf Kosten anderer, aber grade verstand sie wohl keinen Spaß. Als es kurz darauf etwas ruhiger geworden war, rief sie zurück: »Ein noch dümmerer Witz ist dir wohl nicht eingefallen? Außerdem bist du ein Arschloch.«

Leif wollte gerade antworten, aber die Lehrerin stand auf, um das zu unterbinden. »Das reicht jetzt aber«, sagte sie an die Klasse gewandt und drehte sich zu Sina um.

»Keine Beleidigungen, bitte. Du kannst wieder Platz nehmen. Hat noch jemand Fragen?«

Sina setzte sich wieder neben mich. Viele grinsten jetzt doch oder flüsterten sich weitere Witze zu. Zwei Schülerinnen meldeten sich.

Nelli, die ebenfalls neben mir saß, tippte mir auf die Schulter. Ich kannte sie inzwischen relativ gut, weil wir durch Zufall sehr häufig dieselben Kurse besuchten und deshalb schon öfter zusammengearbeitet hatten. Wirklich befreundet waren wir aber nicht.

Sie beugte sich zu mir. »Kannst du mir am Wochenende vielleicht bei den Mathehausaufgaben helfen?«, flüsterte sie.

Ich warf einen Blick zur Lehrerin hinüber, aber die war gerade damit beschäftigt, auf eine Frage zu antworten. »Klar, wann denn?«, flüsterte ich zurück.

»Ist Sonntag okay?«

»Ja, machen wir.«

»Super, danke dir.«

Nelli lächelte mir zu und richtete ihre Aufmerksamkeit dann wieder auf den Unterricht.

Der Rest der Stunde verlief recht ruhig. Sina trug nicht mehr viel zum Unterricht bei, nutzte aber jede Gelegenheit, um alles, was Leif sagte oder tat, entweder für alle oder nur für mich hörbar, ordentlich runterzuputzen.

Danach hatte ich gemeinsam mit Nelli Deutschunterricht. Sina besuchte einen anderen Kurs und wir trennten uns auf dem Gang. Sie war immer noch mies gelaunt, aber so, wie ich sie kannte, legte sich das bald wieder.

Nach dem Unterricht verließ ich mit Nelli den Klassenraum. Sie klagte über die Menge an Hausaufgaben, die wir erledigen mussten, aber ich hörte ihr nur mit einem halben Ohr zu.

Auf dem Gang kam uns Mila mit ihren zwei besten Freundinnen entgegen. Mila war auch in unserer Stufe, aber ich sah sie nur im Sportunterricht, weil wir sonst unterschiedliche Kurse besuchten. Ich ging ihr generell lieber aus dem Weg. Mir war es etwas suspekt, dass sie jeden zunächst von oben bis unten musterte, ehe sie mit ihm sprach. Als sie Nelli erblickte, kam Mila strahlend auf diese zu und gab ihr ein Küsschen auf jede Wange.

»Ich gebe nächsten Samstag zum Start des letzten Schuljahres eine Party, du musst auf jeden Fall dabei sein.«

»Ja, klar bin ich dabei!« Nelli klatschte erfreut in die Hände.

»Schön.« Mila betrachtete mich nachdenklich. »Du kannst von mir aus auch kommen.«

Ich versuchte so auszusehen, als würde ich mich darüber freuen und antwortete möglichst unverbindlich: »Okay, danke.« Natürlich hatte ich nicht vor, zu dieser Party zu gehen.

»Wir sehen uns dann«, rief Mila und stolzierte mit ihren Freundinnen im Schlepptau davon.

Nelli war immer noch ganz hibbelig und begann auf ihrem Handy herumzutippen. Wahrscheinlich trug sie sich den Termin schon fett in ihrem Kalender ein oder berichtete irgendwem von der freudigen Nachricht. Oder beides. Als sie das Handy wieder weggesteckt hatte, liefen wir Richtung Ausgang.

»Wow, ich freue mich schon. Du kommst doch auch?«

»Mal sehen«, sagte ich nur, aber sie schien sowieso nicht zuzuhören.

»Ich weiß schon genau, was ich anziehen werde, das wird super!« Wir waren auf dem Schulhof angekommen. »Kommst du mit zur Bahn?«

»Nee, ich warte noch auf Sina.«

Nelli verzog kurz das Gesicht. »Na gut. Sonntag steht?«, fragte sie noch, als sie sich schon zum Gehen wandte.

»Ja, natürlich.«

Sie winkte fröhlich und lief mit federnden Schritten davon.

Ich lehnte mich an die Mauer und hielt nach Sina Ausschau. Das Wetter war noch immer traumhaft schön und ich blinzelte in die Sonne. Ich beobachtete die anderen Schüler, wie sie aus der Schule und über den Hof strömten. Es waren so viele vollkommen unterschiedliche Typen unter ihnen, und jeder freute sich auf das Wochenende. Wir alle versuchten die Schulzeit von Montag bis Freitag irgendwie zu überstehen, um dann endlich zwei freie Tage genießen zu können, an denen wir tun konnten, was wir wollten. Wäre es nicht stattdessen viel besser, jeden Tag genau das tun zu können, was man am liebsten macht? Was würde ich mit all der Zeit anfangen, wenn ich nicht verpflichtet wäre, den ganzen Tag in der Schule zu sitzen? Vielleicht wäre mir dann genauso langweilig. Vielleicht war die freie Zeit nur so viel wert, weil sie limitiert war?

Anatoly kam auf seinem Skateboard auf mich zugerollt. Er wirkte wie immer leicht verlottert und seine dunklen Haare hingen ihm zerzaust ins Gesicht. Kurz vor mir flippte er sein Board in die Luft und fing es mit den Händen auf.

»Hey«, sagte er.

»Hi«, antwortete ich mit Sina im Chor, die gerade hinter mir aufgetaucht war.

Ana sah überrascht zu ihr hinüber und ein Lächeln stahl sich auf sein schmales, hübsches Gesicht. »Ich will morgen zu meinem Geburtstag ins Pepper. Kommt ihr mit? Ihr seid natürlich auf ein Bier eingeladen.«

Ich zuckte mit den Schultern und wollte grade absagen, aber Sina boxte mir gegen den Arm. »Natürlich kommen wir.«

»Cool!« Ana stellte den rechten Fuß auf sein Board. »Da ist Luka. Ich bin noch mit ihm zum Skaten verabredet. Wir sehen uns dann morgen.« Und schon rollte er wieder davon.

Sina und ich machten uns auf den Weg zur Bahnhaltestelle. »Also, du kommst morgen mit?«, fragte sie, betonte die Worte aber mehr wie einen Befehl.

»Neeeee, ich muss noch diesen Text für Deutsch schreiben und ich habe Nelli versprochen, dass ich ihr am Sonntag bei den Hausaufgaben helfe. Außerdem wollte ich morgen eigentlich gemütlich zu Hause bleiben.«

Sina stöhnte. »Wieso hilfst du dieser Nelli schon wieder? Was hat die jemals für dich getan? Sie ist egoistisch und oberflächlich. Sollte die dir nicht vollkommen egal sein?«

»Keine Ahnung.«

»Wenn du der ollen Nelli hilfst, dann hilf auch deiner besten Freundin und komm mit zu dem Geburtstag. Zu Hause rumsitzen kannst du jeden Tag. Außerdem brauche ich deine Unterstützung. Du bist schuld daran, dass ich jetzt diesen Ana-Floh im Ohr habe, der mir die ganze Zeit komische Sachen zuflüstert.«

Ich lachte. »Na gut, ich komme mit. Aber ich bleibe nicht so lange.«

»Na also, auf dich kann ich mich verlassen.« Sina lächelte zufrieden und legte mir einen Arm um die Schultern.

Wir überquerten eine Kreuzung und liefen durch eine kleine Fußgängerzone, die für ihre Boutiquen, Cafés und Restaurants bekannt war. Hier war es viel ruhiger, es gab einige Fachwerkhäuser und der Boden war mit Kopfsteinpflaster bedeckt. Viele Menschen saßen an den Tischen, die vor den Schaufenstern standen, genossen die Sonne und aßen ein Eis oder tranken ein kühles Getränk.

Neben einem kleinen Herrenausstatter saß ein Mann mit seinem Hund auf einer Decke. Ich nahm eine Münze aus einer Tasche meiner Latzhose und legte sie in die Schale, die er vor sich stehen hatte.

»Danke«, sagte er und ich lächelte ihm zu. Dann gingen wir weiter. Inzwischen kannte ich ihn. Ich hatte mich ein paarmal mit ihm unterhalten und ihm schon oft nach der Schule Geld gegeben, denn ich sammelte für solche

Zwecke immer ein paar Münzen in einer meiner Taschen. Ab und an brachte ich dem Hund auch ein Leckerchen mit.

Als wir uns ein Stück entfernt hatten, schüttelte Sina theatralisch den Kopf. »Weißt du, wenn alle Menschen auf der Welt so wären wie du, wären sicher alle glücklich und zufrieden, es gäbe keinen Krieg und keine Armut, wahrscheinlich nicht mal Krankheit und Tod.«

Ich verschränkte die Arme. »Du machst dich mal wieder über mich lustig.«

»Nein, mache ich nicht.« Sie lächelte, zwinkerte mir verschwörerisch zu und schritt leichtfüßig voran. »Es sollte wirklich viel mehr Menschen wie dich geben. Dann wäre die Welt ein besserer Ort.«

Sie schien ihre Worte ernst zu meinen, und ich freute mich über das Kompliment.

Ich beschleunigte meine Schritte und schloss wieder zu ihr auf.

»Ich fand deinen Vortrag sehr gut«, sagte ich zu ihr.
»Danke.«

»Er hat mich zum Nachdenken angeregt.«
»Inwiefern?«

»Darüber, dass ich noch keine Ahnung habe, was ich mit meinem Leben anfangen soll.«

»Ja, das kann ich verstehen. Ich finde diese Entscheidung auch echt schwierig. Es gibt so vieles, das mich interessiert.«

Wir verließen die Fußgängerzone, blieben an einer Ampel stehen und warteten auf grünes Licht.

 **19** 

»Vielleicht werde ich Politikerin«, sagte Sina kurz darauf.

»Finde ich eine gute Idee. Das passt zu dir.«

»Denke ich auch.« Sie sah mich aufmunternd an, als wir die Straße überquerten. »Und du wirst sicher auch noch das Richtige für dich finden. Du hast gute Noten. Deine Eltern haben Geld. Du kannst alles machen, was du willst. Andere Menschen haben es da schwieriger.«

Wir blieben an der Haltestelle stehen. Der Wartebereich war durch einen Zaun von der Straße getrennt und Sina setzte sich im Schneidersitz auf den Boden.

»Es klingt beinahe vorwurfsvoll, wie du das sagst.«

»Nein, das sind nur die Fakten. Ist nicht böse gemeint.«

»All das macht die Entscheidung aber auch nicht einfacher.«

»Das stimmt.« Sina nahm ihre Kopfhörer aus der Tasche.

Ich wandte mich der Bahn zu, die gerade einfuhr. »Bis morgen.«

»Bis morgen«, sagte Sina und winkte mir noch zu, ehe ich in die Straßenbahn einstieg.

Als ich zu Hause angekommen war und die Tür aufgeschlossen hatte, hängte ich meinen Schlüssel ans Schlüsselbrett, zog meine Schuhe auf der Fußmatte aus und stellte sie auf das Schuhregal. Ich horchte für einen Moment in die Stille hinein, dann schloss ich die Tür hinter mir. Die Wohnung wirkte leer. Meine Mutter war aufgrund ihrer Arbeit als Dokumentarfilmerin häufig im

Ausland unterwegs und oft wochenlang nicht da. Deshalb lebte ich die meiste Zeit allein mit meinem Vater, einem bekannten Krimiautor, in unserer großen Altbauwohnung. Die Decken waren hoch und der Boden fast überall mit dunklem Parkett ausgelegt. Beinahe in jedem Raum stand ein Bücherregal, das die Menge an Büchern, die es tragen musste, kaum noch zu halten vermochte. Selbstverständlich hatte ich so gut wie alle davon bereits gelesen. Die meisten waren Romane, vor allem Krimis und Thriller, aber es befand sich auch eine Menge Fachliteratur darunter. Immer, wenn mein Vater für einen neuen Roman recherchierte, kaufte er haufenweise Bücher zu allen Themen, mit denen sich seine Geschichte auch nur ansatzweise beschäftigte. Natürlich nutzte er für seine Nachforschungen manchmal auch das Internet, aber Bücher waren stets seine erste Wahl.

Momentan beschäftigte er sich mit der Ausarbeitung einer neuen Reihe und war häufig spazieren, was ihm half, Inspiration zu finden. Oder er saß, umgeben von Notizzetteln, Bildern und Büchern, an seinem Schreibtisch, um zu planen, Figuren zu entwerfen und erste Szenen zu schreiben.

Ich durchquerte den Flur und warf einen Blick in sein Arbeitszimmer, um herauszufinden, ob er zu Hause war. Die Tür war einen Spalt breit geöffnet, er saß auf seinem Bürostuhl, sein Kopf war nach hinten auf die Lehne gesackt und er war offensichtlich eingeschlafen. Die Vorhänge waren zugezogen und das Licht des Laptopbildschirms schien ihm schwach ins Gesicht.

Auf dem Schreibtisch, der Fensterbank und dem Boden lagen überall aufgeschlagene Bücher herum. Außerdem entdeckte ich mehrere halbvolle Kaffeetassen sowie ein angebissenes Sandwich, das seine beste Zeit zweifellos hinter sich hatte.

Schmunzelnd schloss ich möglichst leise die Tür und ging in die Küche. Dort bereitete ich mir einen einfachen Salat zu, goss mir Eistee in ein Glas und verkrümelte mich anschließend in mein Zimmer. Leider hatte ich momentan nur diesen seltsamen Liebesroman zur Hand, aber selbst der war besser als nichts. Also setzte ich mich mit Verpflegung und Buch gemütlich in meinen Lesesessel und beschloss, der Geschichte noch eine Chance zu geben.

Erstaunlicherweise verging die Zeit wie im Flug und ungefähr zwei Stunden später erschien mein Vater im Türrahmen. Seine große Gestalt mit den breiten Schultern schien kaum hindurchzupassen. Er trug Jeans, ein weißes T-Shirt und war, wie so oft, barfuß unterwegs. Sein dunkles Haar wirkte ein wenig strubbelig und er hatte dicke Ringe unter den Augen, aber er strahlte bis über beide Ohren.

»Guten Abend«, sagte er.

»Hi, wie geht's?«

»Sehr gut. Ich komme mit der Geschichte gut voran.«

»Super!«, antwortete ich und freute mich darüber.

»Und wie war dein Tag?«, fragte er mich, aber dann fiel sein Blick auf mein Buch sowie auf die umgeknickten Ecken, die mir als Lesezeichen dienten und sein Gesicht

verfinsterte sich. »Emma, was soll das? Ich habe dir doch schon so viele schöne Lesezeichen geschenkt. Wieso benutzt du sie nicht?«

Ich grinste und zuckte mit den Schultern.

»Du bist unmöglich.« Er verließ das Zimmer und rief mir vom Flur aus zu: »Ich koche jetzt Spaghetti. Du bekommst aber nur was ab, wenn ich gleich ein Lesezeichen in deinem Buch sehe.«

Ich kicherte und knickte die aktuelle Seite in dem Buch um, ehe ich es zuklappte und in die Küche lief. Dort legte ich es auf den Tisch und nahm eine Zwiebel sowie ein Schneidebrett und ein Messer aus dem Schrank. Mein Vater verabscheute es, Zwiebeln zu schneiden, deshalb übernahm ich diesen Arbeitsschritt meistens für ihn. Er war gerade dabei, die Möhren für eine Gemüsebolognese zu schälen und lächelte mir zu, als ich mich neben ihn stellte.

»Danke für die Hilfe«, sagte er.

»Immer gern.« Ich schälte die Haut von der Zwiebel und halbierte sie.

»Dir ist aber bewusst, dass du von dem Essen trotzdem nichts abbekommst.« Er deutete mit dem Sparschäler auf das Buch.

»Ja, das ist mir bewusst«, sagte ich scherzend.

»Gut.« Während er die Möhren in kleine Stücke schnitt, warf er einen Blick auf das Cover. »Du hast also einen von diesen schrecklichen Liebesromanen deiner Mutter hervorgekramt.«

»Ja.«

»Ich habe nie verstanden, wieso sie diese Bücher so gerne liest. Ich finde, die meisten dieser Geschichten suggerieren, dass es im Leben um nichts anderes, als den perfekten Partner geht.«

»Tatsächlich habe ich heute über etwas Ähnliches nachgedacht«, sagte ich.

»Ach ja?«

Die Zwiebel brannte in meinen Augen, als ich begann, sie in kleine Würfel zu schneiden. »Ja. Ich bin mir immer noch nicht sicher, was ich beruflich machen will«, sagte ich schniefend.

»Kein Grund, gleich in Tränen auszubrechen.« Er lachte.

Ich warf ihm einen bösen Blick zu. »Nächstes Mal schneidest du die Zwiebeln.«

»Auf keinen Fall!« Er lachte wieder. »Jedenfalls ist das wirklich eine schwierige Entscheidung, der du dich da stellen musst. Hast du mal deine Freunde gefragt, wie sie damit umgehen?«

»Noch nicht alle. Sina scheint sich aber schon ziemlich sicher zu sein.«

»Ja, das sieht ihr ähnlich.«

Mein Vater schob die klein geschnittenen Möhren auf dem Brett zusammen und gab sie anschließend mit etwas Öl in einen großen Topf. Ich schüttete die Zwiebelstückchen dazu.

»Leider weiß ich gerade auch nicht so recht, was ich dir diesbezüglich raten soll, Emma. Ich werde mir dazu aber mal ein paar Gedanken machen.«

»Okay«, sagte ich und setzte mich an den Küchentisch, während mein Vater die Tomaten in Stücke schnitt und Nudelwasser aufsetzte. Ich drehte nachdenklich das Buch in meinen Händen und überlegte, wieso ich inzwischen doch so viel Spaß daran hatte, es zu lesen, obwohl mein Vater mit seiner abwertenden Bemerkung über die Darstellung von Lebensglück natürlich recht hatte. »Ich glaube, manchmal ist es doch ganz schön, sich in eine Welt zu flüchten, in der alles so einfach und gradlinig ist, wie in einer vorhersehbaren Geschichte.«

»Das ist wahr. Wenn ich ehrlich bin, ist es mit meinen Krimis ja eigentlich auch nicht anders. Da klärt sich am Ende ebenfalls immer alles auf. Der Mörder wird geschnappt und die Welt scheint wieder in geordneten Bahnen zu verlaufen.«

»Stimmt«, sagte ich und sog den köstlichen Duft der gedünsteten Zwiebeln ein. »Wovon handelt dein neuer Roman?"

»Er spielt in einem Forschungslabor. Aber viel mehr kann ich jetzt nicht verraten. Die Story und die Charaktere müssen noch ein bisschen reifen.«

»Na gut. Aber sobald du etwas geschrieben hast, möchte ich es lesen.«

Er rührte in dem riesigen Spaghettitopf und fischte eine Nudel aus dem sprudelnden Wasser. »Natürlich. Du bist die erste, die mein Manuskript zu sehen bekommt.« Er reichte mir den Kochlöffel mit der Spaghetto darauf, ich nahm sie mit spitzen Fingern und schob sie mir schnell in den Mund, weil sie so heiß war.

»Muss noch ein paar Minuten kochen«, sagte ich fachmännisch, als ich auf dem harten Kern der Nudel herumkaute.

»Okay.« Er zwinkerte mir zu und fuhr mit der Zubereitung unseres Abendessens fort.

Ich räumte das Buch zur Seite, deckte den Tisch und schaltete unseren Lieblingsradiosender ein.

So verbrachten wir einen gemütlichen Abend. Später half ich noch beim Aufräumen und kuschelte mich anschließend mit dem Buch in mein Bett.

Kapitel 2

Der Samstagabend war gekommen und er dröhnte unüberhörbar laut in meinen Ohren. Wir saßen an der Bar im Pepper, der DJ spielte alle möglichen, aber eigentlich gleich klingenden Lieder aus den Charts, und es war brechend voll. Ich hatte den ganzen Tag mit mir gerungen, ob ich heute Abend wirklich herkommen sollte, mich Sina zuliebe dann aber dafür entschieden. Außerdem wollte ich nicht zu der Person werden, die sich irgendwann deprimiert an ihre langweilige Jugend zurückerinnerte und das Gefühl hatte, sie hätte nichts erlebt. Gerade war ich mir allerdings nicht sicher, ob ich nicht doch hätte zu Hause bleiben sollen.

Das Pepper wirkte mit der rustikalen Bar, dem großen Tresen und den hölzernen Tischen und Stühlen zwar mehr wie eine Kneipe, hatte aber eine große Tanzfläche und einige beliebte DJs zu bieten. Deshalb kamen die Leute gerne zum geselligen Trinken und auch zum Tanzen her, was den Vorteil hatte, dass man sich nicht auf eine Aktivität einigen musste, wenn man in einer größeren Gruppe unterwegs war. Ich jedoch konnte mich für keines von beidem wirklich begeistern.

Sina trank einen großen Schluck von ihrem Bier, ich nippte an meiner Cola. Luka und Anatoly saßen ein kleines Stückchen entfernt und unterhielten sich angeregt mit drei Mädchen, die ich nicht kannte. Sina war sichtlich genervt deswegen, wollte sich das aber nicht anmerken lassen.

»Ich habe heute Vormittag eine Doku gesehen«, begann sie zu erzählen, vermutlich, um sich davon abzulenken, dass Anatoly seine Aufmerksamkeit gerade diesen Mädchen schenkte. Sie beugte sich zu mir herüber, um besser gegen die Musik anreden zu können. »Wusstest du das? Wenn man all das Geld, das auf der Welt für Waffen und Krieg ausgegeben wird, für gute Zwecke nutzen würde, könnte man den Welthunger bekämpfen, erneuerbare Energien erforschen, alle Slums in ordentliche Wohngebiete umbauen und jedem sauberes Trinkwasser zur Verfügung stellen.«

»Wirklich?«, fragte ich verwundert und trank noch einen Schluck Cola. Ich hatte noch nie darüber nachgedacht und ließ diese Information erst mal in meinem Kopf wirken.

»Hundertpro.«

»Wenn man das ganze Geld wirklich dazu verwenden würde, das Leben der Menschen zu verbessern, hätte vielleicht auch keiner mehr Interesse daran, Krieg zu führen«, sagte ich nachdenklich.

Sina reagierte mit einem ironischen Lachen. »Die Menschen finden doch immer einen Grund, sich zu bekämpfen.«

»Da hast du wahrscheinlich recht. Aber vielleicht kannst du dahingehend ja etwas bewirken, wenn du tatsächlich Politikerin wirst.«

»Das wäre natürlich cool. Wie bist du denn mit deiner Zukunftsplanung vorangekommen?«

»Leider gar nicht. Stattdessen habe ich mich die ganze Zeit an dieser Deutschhausaufgabe versucht, aber alles, was ich geschrieben habe, wieder weggeworfen, weil ich noch gar nicht weiß, was ich überhaupt schreiben soll.«

»Was ist denn die Aufgabe?«, fragte Sina.

»Wir sollen unseren Lieblingsautor vorstellen und eine Kurzgeschichte in seinem Stil verfassen.«

»Das ist doch die perfekte Aufgabe für dich. Wer ist dein Lieblingsautor?«

»Ich weiß nicht, eigentlich mein Vater. Aber es wirkt sicher komisch, wenn ich ihn als meinen Lieblingsautor vorstelle.«

»Nee, wieso?« Sina sah mich entrüstet an. »Also, ich find's süß. Mach das ruhig.« Sie sah wieder zu Anatoly herüber und ihr Blick verfinsterte sich. »Ich bin heute Abend nicht hergekommen, um den beiden beim Flirten zuzusehen. Wenn die nur Augen für diese Tussen haben, gehen wir jetzt tanzen, komm.«

Sie stand auf, nahm meine Hände und zog mich in Richtung Tanzfläche. Ich war so überrumpelt, dass ich gar nicht dazu kam, dagegen zu protestieren. Wir quetschten uns zwischen den Tanzenden hindurch und bahnten uns einen Weg in die Menge. Da wir uns nun noch näher am DJ-Pult befanden, wurde jedes andere Geräusch von der Musik verschluckt und der Bass vibrierte in meinem Körper. Die Luft war warm und stickig. Meine Arme berührten warme Haut und nassen Stoff. In der Mitte der Tanzfläche fand Sina ein bisschen Platz und begann ausladend zu tanzen. Sie bewegte die Arme wild in der Luft, sprang ausgelassen herum. Sie wirkte ein bisschen verrückt, aber auch selbstbewusst und anmutig. Die anderen Gäste um uns herum warfen ihr amüsierte Blicke zu und machten ihr ein wenig mehr Platz. Ich stand ihr gegenüber und wusste nicht, was ich tun sollte. Als ich versuchte, mich ebenfalls zur Musik zu bewegen, fühlte ich mich steif und unwohl dabei. Deshalb warf ich Sina einen entschuldigenden Blick zu und ging rückwärts wieder zurück. Sie sah mich enttäuscht an und wollte mich zurückwinken, verschwand aber schnell hinter den tanzenden Körpern, während ich mich aus der Menge herauskämpfte.

Ich war froh, der Situation entkommen zu sein, und ärgerte mich gleichzeitig, dass ich nicht etwas mutiger gewesen war. Da ich mich nicht allein an die Bar setzen wollte, blieb ich erst mal am Rand der Tanzfläche stehen. Ich sah den Tanzenden zu, Sina konnte ich von hier aus nicht mehr sehen, und überlegte, ob ich nach Hause gehen sollte.

Da entdeckte ich plötzlich diesen Typ, der von Weitem zu mir herübersah. Als er meinen Blick bemerkte, löste er sich von der Gruppe, bei der er gestanden hatte, und kam auf mich zu. Mein Herz begann wie wild zu klopfen und ich wollte am liebsten weglaufen. Ich wusste nicht, was man am besten sagte, um so einen Kerl loszuwerden. Er sah ziemlich gut aus. Hatte akkurat frisiertes, blondes Haar und einen Blick, der so wirkte, als ob er nicht selten Mädchen in Bars wie dieser ansprach.

»Mein Papa hat mir verboten mit Fremden zu sprechen«, sagte ich, als er schließlich vor mir stand und mich herausfordernd ansah.

Das war das Seltsamste, das mir auf Anhieb eingefallen war, und schreckte ihn hoffentlich ab. Vielleicht wirkte ich dadurch ein bisschen verrückt, oder als ob ich geistig auf dem Stand eines Vorschulkindes hängengeblieben war. Außerdem war es keine Lüge, schließlich hatte mir mein Vater tatsächlich verboten, mit Fremden zu sprechen. Vor zehn Jahren ungefähr.

»Aber ich bin ja kein Fremder.« Er grinste spielerisch.

»Ach nein?«

»Nein.«

»Und wer bist du dann?«

»Ich bin echt verletzt, dass du dich nicht mehr an mich erinnern kannst.« Er verzog den Mund. »Ich erinnere mich nämlich ganz genau an dich, Emma.«

Mir blieb kurz das Herz stehen. Ich zögerte. »Okay.«

»Ich habe dich doch immer Tschu-Tschu-Emma genannt, weißt du nicht mehr? Wie die Lock bei Jim Knopf.« Er lachte.

Und da erinnerte ich mich an ihn. Als Kinder waren wir Nachbarn gewesen und hatten oft gemeinsam auf einem Spielplatz in der Nähe gespielt. Wir hatten getobt, mit Stöcken gekämpft und Geheimverstecke gesucht. Und regelmäßig bei ihm zu Hause Jim Knopf und Lukas der Lokomotivführer geschaut. Eigentlich waren wir ziemlich gute Freunde gewesen. Ich hatte ihn zunächst nicht erkannt, weil er sich äußerlich so sehr verändert hatte, aber sein Lachen klang noch fast genauso wie damals. Nur sein Name fiel mir gerade nicht ein.

»Siehst du, du erinnerst dich doch an mich.«

Ich kicherte blöd und nickte. »Ja.«

Er bewegte sich in Richtung Bar und winkte mich mit sich. »Komm, ich bestell dir was zu trinken.«

Ich war unsicher, ob ich mitgehen sollte. Spürte ich doch immer noch mein klopfendes Herz und den vibrierenden Bass in meiner Brust, was eine seltsam elektrisierende Mischung darstellte.

Ich sah noch mal auf die tanzende Menge und entdeckte Sina plötzlich doch. Sie tanzte mit Anatoly und wirkte unheimlich glücklich dabei. Auch Ana war ein erstaunlich guter Tänzer. Ich musste lachen, nahm meinen Mut zusammen und folgte meinem Kindheitsfreund zur Bar.

Ich hatte bestimmt schon drei Bier getrunken und saß inzwischen viel näher bei ihm als zu dem Zeitpunkt, an dem wir uns hingesetzt hatten. Meine Gedanken fühlten sich leicht schwummrig, aber auch so lebendig und mutig an. Wir hatten viel herumgealbert, die Musik übertrug ihre Fröhlichkeit auf mich und er steckte mich immer wieder mit seinem Lachen an, das mir das wohlige Gefühl alter Zeiten zurückbrachte.

Er hatte grade zwei Kurze bestellt und schob mir eins der Shotgläser rüber. »Wir spielen ein Spiel. Du trinkst und sagst mir anschließend meinen Namen. Wenn du ihn nicht mehr weißt, musst du das zweite Glas auch noch trinken.« Er grinste frech. »Mal sehen, ob du dich erinnerst.«

Ich hatte es die ganze Zeit vermieden, seinen Namen sagen zu müssen. Vielleicht war ihm das aufgefallen. Jetzt forderte er mich heraus und ich begann in meinen Erinnerungen zu kramen. Denn ich wollte dieses Spiel nicht verlieren.

»Okay«, sagte ich und trank das kleine Glas aus. Da fiel mir sein Name plötzlich wieder ein. »Jaden.«

»Ja! Genau«, sagte er und trank ebenfalls. »Ich bin geschmeichelt. Du hast mich nicht vergessen. Darauf trinken wir noch einen.« Er bestellte zwei weitere Shots, wir stießen mit unseren Gläsern an und tranken noch mehr von der brennenden Flüssigkeit, die sich warm in meinem Bauch ausbreitete.

»Es ist so krass, dass wir uns hier getroffen haben. Ich bin erst vor ein paar Wochen wieder in die Stadt gezogen.«

»Ja, ich find's auch super.« Ich lächelte.

»Weißt du noch, als wir uns zwischen den Büschen in der Nähe vom Spielplatz eine geheime Höhle gebaut haben?«

Ich musste lachen. »Ja klar, wir hatten sogar ein paar Decken und Schokoriegel. Das war das perfekte Versteck.«

»Genau. So ein Versteck wäre auch heutzutage manchmal gar nicht so schlecht.«

»Ja«, sagte ich schwach und sah auf seine Hand, die sich gerade um meine Finger geschlossen hatte. Das

Gefühl, das seine Berührung in mir auslöste, breitete sich in mir aus, benebelte meine Gedanken noch mehr als der Alkohol und ließ mich kaum noch klar denken.

Er stand auf. »Komm mal mit«, sagte er und führte mich mit sich an das andere Ende der Halle. Hier war es ein bisschen ruhiger und nicht so vollgestopft mit Menschen. Ich sah ihn an, betrachtete seine Augen, die mich so eindringlich fixierten, und musste mich an die kühle Wand stützen, um nicht zu wanken.

Er kam näher, legte seine freie Hand an meine Hüfte, drückte seinen Körper an meinen, senkte den Kopf und küsste mich. Ich wusste gar nicht, was ich tat, bewegte meine Lippen kaum, war überwältigt von dem Gefühl, das meinen ganzen Körper wie eine glühende Welle durchströmte, alles war dunkel, ich fühlte nur, fühlte seine Zunge und seine Hand, die meine verlassen hatte und nun auf meinem nackten Bein unter dem Kleid lag. Alles war intensiv und gleichzeitig dumpf. Sein Körper drückte sich noch näher an mich, seine Hände bewegten sich weiter.

Plötzlich hörte ich eine bekannte Stimme. Jemand zog an meinem Arm und auf einmal entfernte er sich von mir und es wurde ganz kalt dort, wo Jaden eben noch gewesen war.

»Emma, bist du bescheuert? Was machst du denn da?«

Ich konnte Sina grade so eben erkennen. Es war neblig und ich sah alles leicht verschwommen. Sie zog mich mit sich zu den Toiletten. Der Nebel lichtete sich ein wenig. Jaden war weg. Die Musik wurde leiser.

»Weißt du eigentlich, wer das ist?« Sina wirkte wütend.

»Ja klar, Jaden«, nuschelte ich.

Sie rüttelte an meiner Schulter. »Das ist der neue Typ von Mila. Die postet doch überall Bilder, auf denen sie unglaublich verliebt in seinen Armen liegt.«

Mila? Die schöne, beliebte Mila hatte mich zu ihrer Party eingeladen, mit Nelli, aber Jaden war weg, Ritter-Jaden, der mich im Schwertkampf immer besiegt hatte.

»Emma, hörst du mir überhaupt zu?« Sina redete sehr eindringlich auf mich ein. »Du bist ja total betrunken. Komm, wir gehen jetzt nach Hause.«

Sie zog mich wieder mit sich und ich stolperte hinter ihr her. Ich hörte Anas und Lukas Stimmen, nahm sie aber nicht richtig wahr und konnte auch nicht verstehen, was sie sagten. Eine Tür wurde geöffnet. Plötzlich spürte ich kalte Luft um mich herum. Und dann Lukas Arm, der sich um mich legte.

»Kannst du gehen?«, fragte er. Ich nickte und schleppte mich vorwärts. Die Nacht und die Straßen und die Welt hatten sich in eine dumpfe Masse verwandelt und der Weg schien endlos lang zu sein.

Schwerfällig öffnete ich die Augen. Es wurde hell und ich fühlte warme Sonnenstrahlen in meinem Gesicht. Plötzlich wurde meine gesamte Wahrnehmung von dröhnenden Kopfschmerzen überschwemmt. Ich schloss meine Augen wieder und verkroch mich unter der Bettdecke, die sich so anders anfühlte als meine. Vorsichtig lugte ich darunter hervor und erkannte Sinas Zimmer. Ich hatte schon oft bei ihr übernachtet, konnte mich aber nicht daran erinnern, wie ich hierher gekommen war.

Plötzlich fielen mir das Pepper und der letzte Abend wieder ein. Begleitet von einem Schwall Übelkeit schwang ich panisch die Füße aus dem Bett. Bevor ich mich ausreichend gesammelt hatte, um aufzustehen, kam Sina herein.

»Ach, du bist wach«, sagte sie. »Du siehst echt scheiße aus.« Sie grinste.

Ich lächelte gequält. »Danke, dass du mich mit zu dir genommen hast.« Ich war erleichtert, dass mein Vater mich so nicht gesehen hatte. Tausend Gedanken polterten durch meinen Kopf und dann strömte auch Jaden als aufregende, beängstigende Erinnerung durch mich hindurch.

»Selbstverständlich«, sagte sie und setzte sich neben mich. Erstaunlicherweise erinnerte ich mich nun sogar an das Gespräch mit ihr auf dem Klo.

»Ist Mila echt mit Jaden zusammen?«

»Keine Ahnung, wie der Typ heißt, aber wenn du das Arschloch meinst, mit dem du gestern rumgemacht hast, dann ja.«

»Scheiße«, sagte ich und spürte eine Welle von Emotionen in mir, die ich noch gar nicht richtig einordnen konnte. In erster Linie fühlte ich mich unglaublich dumm. Dass ich Jaden vertraut und mich auf ihn eingelassen hatte. Und dass ich so viel getrunken hatte.

»So was kenne ich ja gar nicht von dir«, sagte Sina neckisch. Sie schien das Ganze auch noch amüsant zu finden. Ich war kein bisschen amüsiert, nur wütend auf mich selbst. »Keine Ahnung, wieso ich das gemacht habe.«

»Erinnerst du dich noch an den Heimweg?«

»Nicht wirklich.«

»Luka hat dich so gut wie getragen. Bis zum Bett.«

Jetzt fand ich alles unglaublich peinlich. »Da sollte ich mich wohl bei ihm bedanken.«

»Kannst du auch morgen noch machen. Komm, ich hab' Kaffee und Brötchen für dich.«

Sina stand auf und ich folgte ihr in den Flur. Mein Kopf pochte immer noch unerträglich.

»Bin sofort wieder da«, sagte sie und verschwand im Bad.

Ich ging in die Küche. Sinas jüngerer Bruder Niklas saß an dem Küchentisch, der in der Mitte des Raumes stand, und schaufelte eine riesige Schale Cornflakes in sich hinein.

»Da kommt die Absturz-Emma«, begrüßte er mich grinsend.

Ich setzte mich neben ihn auf einen der Holzstühle und er hielt mir seine Faust hin. Ich schlug ein.

»Ja, mein erster und letzter Absturz, darauf kannst du wetten.«

Er lachte, verstummte aber, als Sina hereinkam. Sie beachtete ihn nicht weiter und ging zur Küchenzeile.

Niklas füllte sich eine weitere Portion Flakes in die Schale, streute mit einem Löffel eine große Menge Zucker darüber und goss Milch dazu. Schließlich wandte er

sich wieder zu mir und sagte laut, damit Sina es auf jeden Fall hörte: »Sicherlich war das nur der schlechte Einfluss meiner missratenen Schwester.«

»Ignorier ihn einfach«, sagte Sina genervt, als sie neben mir auftauchte und mir eine große Tasse Kaffee reichte. Niklas warf ihr einen feindseligen Blick zu, nahm seine Schale und verließ den Raum. Ich blickte Sina fragend an.

»Ach, wir haben wieder Beef. Nichts Besonderes«, sagte sie und setzte sich zu mir. »Was grade viel wichtiger ist: Wie geht's dir?«

»Nicht so gut.« Ich nippte an meinem Kaffee.

»Der Kerl hat dich gestern aber nicht dazu gezwungen, von ihm abgeleckt und begrapscht zu werden, oder?«

»Nein.« Ich schüttelte den Kopf. »Wir waren früher befreundet«, fügte ich noch hinzu.

»Toller Freund, der dich betrunken macht und das ausnutzt.« Sie sah mich an. »Und auch noch vergeben ist.«

Ich zuckte mit den Schultern. Ich wollte am liebsten gar nicht darüber nachdenken.

»Na gut«, sagte sie abschließend, denn sie hatte mir vermutlich angesehen, dass ich momentan nicht darüber reden wollte. Jetzt lächelte sie. »Aber du bist nicht die Einzige, die gestern geküsst worden ist.«

Ich riss die Augen auf. »Echt jetzt? Ana?«

Sie nickte glücklich und da musste ich auch lächeln, weil sie sich wirklich sehr darüber zu freuen schien.

Wir redeten noch ein Weilchen über Sinas Abend mit Anatoly, ich knabberte an einer trockenen Brötchenhälfte,

Sina schlang gleich zwei belegte Brötchen und einen Apfel hinunter, und als wir fertig waren, kam auch Ben, Sinas älterer Bruder, in die Küche.

Er stellte eine große Tasche auf dem Küchenboden ab, machte einen Satz zu uns herüber und verstrubbelte uns beiden die Haare. So, wie er es früher schon immer getan hatte.

»Hi, Mädels«, sagte er dann, während Sina noch wegen ihrer Haare murrte, ging rüber zur Küchenzeile, goss sich eine Tasse Kaffee ein und lehnte sich an die Theke. »Wie geht's euch? Lang nicht mehr gesehen, Emma.«

»Ja«, sagte ich.

»Gut«, sagte Sina.

»Ihr werdet es nicht glauben!« Ben riss dramatisch Augen auf. »Ich habe grade die Flanders im Hausflur gesehen, und sie hatte einen kleinen Hund an der Leine dabei.«

»Was?« Sina spielte mit und tat schockierter, als sie es vermutlich war. »Die armen Katzen.«

»Oh ja, das Katzenparadies wird von einem Zwergpinscher infiltriert.«

Wir lachten und malten uns verschiedene Szenarien aus, in denen die Katzen mit fiesen Mitteln versuchten, den Hund wieder aus ihrem Heim zu vertreiben, und Frau Flanders immer wieder zwischen die Fronten geriet.

»Okay, ich muss jetzt los«, sagte ich irgendwann lachend, als das Gespräch immer absurder wurde, und ging rüber in Sinas Zimmer, um meine Sachen zusammenzupacken. Viel hatte ich nicht dabeigehabt. Ich nahm meine

Tasche und mein Handy, zog meine Schuhe an und ging zur Tür.

»Komm gut Heim«, sagte Sina zu mir und lehnte sich in den Türrahmen, als ich nach draußen trat.

»Ja, das mache ich. Danke für das Frühstück.«

Dann verließ ich das Haus. Dieser Morgen mit Sinas Familie war eine willkommene Ablenkung gewesen. Jetzt kamen die Kopfschmerzen, die während unserer Scherze in den Hintergrund getreten waren, wieder in vollem Ausmaß zurück. Jedes Geräusch auf der Straße war wie ein Vorschlaghammer, der auf meinen Schädel einschlug. Am helllichten Tag fühlte ich mich in den Klamotten vom Vortag sehr unwohl und hatte das Gefühl, alle Leute würden mich anstarren. Außerdem wurde ich immer wieder von den gestrigen Szenen heimgesucht. Mir lief jedes Mal ein ekliger Schauer über den Rücken, wenn ich an Jaden dachte. Ich fühlte mich schmutzig und dumm. Am liebsten wollte ich mich einfach unter einer Decke verkriechen.

Zu Hause kamen mir gerade zwei Möbelpacker entgegen, die eine große Couch durch den kleinen Durchgang quetschten. Ich musste einen Moment auf der Straße warten, weil sich die Armlehne im Türrahmen verkeilt hatte und die zwei Männer fluchend versuchten, die Couch wieder zu befreien. Als ich endlich ins Haus schlüpfen konnte, begegneten mir auf dem Weg nach oben weitere Männer, die Kartons oder kleinere Möbelstücke trugen.

Und die Haustür unserer Nachbarn stand offen. Ich hatte die Mieter gegenüber kaum gekannt. Jetzt zogen sie anscheinend schon wieder aus.

Ich betrat unsere Wohnung. Mein Vater war mal wieder nicht da, was gut war, denn so bekam er nicht mit, wie dreckig es mir aktuell noch ging. Ich legte mich auf das Sofa und versuchte mich mit der dritten Staffel Gilmore Girls von den unerträglichen Kopfschmerzen abzulenken, die mich noch immer plagten. Andauernd schlich sich Jaden in meine Gedanken, der so nett und gutaussehend gewirkt hatte, sich nun aber als zwar gutaussehend, aber überhaupt nicht nett entpuppt hatte.

Plötzlich vibrierte mein Handy und ich zuckte zusammen. Erst jetzt fiel mir Nelli wieder ein, der ich doch versprochen hatte, ihr heute mit den Matheaufgaben zu helfen. Ich hatte sie bei dem ganzen Drama vergessen und bekam sofort ein schlechtes Gewissen.

Ich holte mein Handy aus der Tasche und öffnete die Nachricht. Nellis Worte trafen mich wie ein Blitzschlag.

›Du bist echt widerlich. Von jemandem wie dir will ich keine Hilfe‹, stand auf dem Display.

›Wieso?‹, tippte ich zurück.

›Ich hab das Bild bei Insta gesehen. Warum tust du Mila so was an?‹

Ich legte meine eiskalten Hände auf meine glühenden Wangen und versuchte mich zu beruhigen. Dann öffnete ich Instagram.

Sofort sprang mir ein Foto entgegen, das Mila heute Morgen gepostet hatte. Und ich erstarrte. Da war ich.

Und da war Jaden. Und da waren unsere aneinandergepressten Körper. Und da war mein Kleid, das kaum noch meine Beine bedeckte.

Ich begann zu zittern. Elf Kommentare. Ich las den mit den meisten Gefällt-Mir-Angaben. Der war natürlich von Leif:

›Ist das Emma? Bob der Baumeister mal ohne Latzhose? Heiß.‹

Die anderen Kommentare las ich gar nicht mehr. Sieben weitere Personen hatten das Bild geteilt. Natürlich Milas Gefolgschaft und ein paar andere aus unserer Stufe. Ich überlegte kurz, die Bilder zu melden, hatte aber keine Kraft dazu. Mit immer noch zitternden Händen schaltete ich das Smartphone aus und ließ mich auf das Sofa zurücksinken. Ich nahm eine Decke, zog sie mir bis über die Nase und starrte auf den Fernseher, ohne wahrzunehmen, was dort passierte. Ich fühlte mich, als würde ich innerlich vor Scham und Wut explodieren. Heiße Tränen liefen mir über das Gesicht und ich schluchzte immer wieder verzweifelt. Wieso nur war ich so unglaublich dumm und leichtsinnig gewesen?

Ich musste eingeschlafen sein. Als ich aufwachte, war alles still und die Wohnung wirkte dunkel und kalt. Wie es schien war ich noch immer allein. Der Fernseher hatte sich von selbst ausgeschaltet. Eine Weile starrte ich regungslos auf mein Handy, das ich in der Dunkelheit gerade so erkennen konnte, ehe ich es verängstigt wieder anschaltete. Es vibrierte ungeduldig und wies mich auf die unzähligen Nachrichten hin, die Sina mir in meiner Abwesenheit geschrieben hatte. Die meisten dieser Nachrichten enthielten sehr kreative Beleidigungen, in denen sie sich über Mila, Jaden und eigentlich alle unsere Mitschüler ausließ. In der letzten Nachricht schrieb sie, dass sie sofort zu mir rüberfahren und nach mir sehen würde, wenn ich mich nicht bald zurückmelden würde.

Ich antwortete ihr, dass bei mir alles okay war, und starrte anschließend für eine Weile deprimiert aus dem Fenster. Die ganze Welt schien grau und düster zu sein.

Irgendwann hielt ich es nicht mehr aus und quälte mich schwerfällig aus der Decke. Ich wollte mich mit etwas Sinnvollem ablenken, schob eine Tiefkühlpizza in den Ofen, stellte meinen Laptop auf den Küchentisch und öffnete Word. Diese Deutschhausaufgabe musste ich sowieso früher oder später erledigen. Also begann ich einfach zu schreiben, ohne groß darüber nachzudenken.

Die Kriegerin blickte ihrem Widersacher in die Augen. Im Amphitheater war es bereits dunkel. Nur sie beide standen noch dort. In der Mitte der Arena. Niemand sonst war da. Denn sie kämpften nicht um die Liebe des Publikums. Sie kämpften um etwas weit Wichtigeres. Und ihr Kampf dauerte nun schon so lange an. Trotzdem wirkte ihr Gegner immer noch unglaublich stark. Als ob auch das stärkste Wesen der Welt ihn nicht hätte besiegen können. Die Augen ihres Gegners durchbohrten die Kriegerin wie Speerspitzen und sagten ihr, was sie bereits wusste: Sie würde heute Nacht hier sterben. Fliehen würde sie aber trotzdem nicht. Sie war die Kriegerin und sie würde kämpfen.

Sie packte ihr Schwert fester, spürte das Zittern ihrer erschöpften Muskeln und das Blut, das ihr an den Beinen herunterlief. Aber den Schmerz spürte sie nicht. Und sie hatte noch Kraft. Sie holte zu einem Schlag aus, schrie dabei auf, ließ ihre ganze Kraft hineinfließen, aber ihr Gegenüber wehrte den Angriff ab. Die Kriegerin spürte den Treffer erst, als sie bereits in sich zusammensank. Ihr Gegner fing sie auf, bevor sie zu Boden fiel. Er hielt sie fest und blicke ihr in die Augen. Die Kriegerin packte die Schulter des Gegners, drückte sie. Das war der Dank für einen fairen Kampf. Die Pflicht war erfüllt. Sie spürte Erleichterung durch ihren Körper fließen. Sie konnte fühlen, wie ihr Kampfeswille immer schwächer wurde, ehe sie in den Armen ihres Feindes starb.

Kapitel 3

Blätter knirschten unter meinen Füßen. Es roch nach Wald, Natur und feuchtem Laub. Es roch nach Kindheit. Ich atmete einmal tief durch, blickte nach oben in die Baumkronen und erfreute mich an den Sonnenstrahlen, die sich einen Weg zwischen den Blättern hindurch bis zum Waldboden bahnten.

Letzte Nacht hatte ich kaum geschlafen. Ich war von dem Nickerchen am Mittag noch zu munter gewesen, und in meinem Kopf kreisten viel zu viele Gedanken, um Ruhe zu finden. Als ich um kurz vor Fünf mal wieder die Wand angestarrt hatte, war ich aufgestanden, unter die Dusche gestiegen, hatte eine Menge Müsli gefrühstückt und mich auf den Weg gemacht.

Mein Vater und ich wohnten am Stadtrand, und nicht weit von unserem Haus entfernt befand sich dieses Waldstück. In meiner Kindheit hatten wir oft Ausflüge und Spaziergänge in den Wald unternommen. Wir hatten Pfeile und Bögen gebastelt, herumgetobt, ein Baumhaus gebaut und vieles mehr. Ich freute mich darauf, mich an alte Zeiten zu erinnern und dem Mist des Alltags für ein paar Augenblicke zu entfliehen.

Das Baumhaus lag an einer versteckten Stelle zwischen einigen sehr dicht gewachsenen Bäumen, etwas abseits des Weges. Deshalb war es bisher zum Glück unentdeckt geblieben. Heute hatte selbst ich Schwierigkeiten damit, es zu finden, weil mein letzter Besuch so lange her und der Wald momentan stark bewachsen war.

Als ich es endlich entdeckte, machte mein Herz einen erleichterten Hüpfer, weil ich so froh darüber war, es heil vorzufinden. Mein Vater war vor seiner Tätigkeit als Schriftsteller Schreiner gewesen und hatte das Baumhaus großartig konzipiert. Ich freute mich unheimlich darüber, dass es immer noch genauso aussah wie damals, und beschleunigte meine Schritte. Schon bald stand ich an der großen Eiche, in der wir das Haus errichtet hatten, blickte nach oben und legte behutsam meine Hand auf den Stamm.

Äste, die so dick waren, dass ich sie mit meinen Armen nicht hätte umfassen können, erstreckten sich in alle Himmelsrichtungen und boten dem Baumhaus den Halt, den es brauchte. Ich befand mich auf der Rückseite des Hauses. Langsam ging ich um den Stamm herum und ließ meine Finger an der Rinde entlanggleiten. Sie war voller Risse und teilweise mit Moos bedeckt. Ich musste über eine dicke Wurzel steigen, um nicht zu stolpern. Dann hatte ich den Baum umrundet und stand vor der Leiter, die nach oben führte. Ich trat einige Schritte zurück und blickte nach oben, um das Haus besser sehen zu können. Es lag vielleicht zwei oder drei Meter über dem Boden und wurde neben den Ästen noch von einigen Streben gehalten, die mein Vater unterhalb der Plattform angebracht hatte. Das Baumhaus selbst hatte er aus schlichtem, hellem Holz gebaut. Es besaß eine Tür

und ein Fenster, eine kleine Terrasse am Eingang und ein niedriges Spitzdach.

Aber etwas stimmte nicht. Wie es aussah, hatte jemand den Eingang mit bunten Tüchern zugehängt.

Verärgert setzte ich einen Fuß auf die erste Sprosse der Leiter, um herauszufinden, ob dieser Jemand womöglich noch weitere Änderungen an meinem Baumhaus vorgenommen hatte. Ich hoffte, dass es im Inneren nicht mit Graffiti oder Ähnlichem verunstaltet worden war.

Da steckte plötzlich ein Kerl seinen Kopf zwischen den Tüchern hervor und trat auf die Terrasse. Erschrocken hüpfte ich wieder von der Leiter. Er stellte sich an den Rand der Plattform, verschränkte die Arme vor der Brust und blickte zu mir herunter.

Seine Augen waren dunkel und wirkten abweisend. Er hatte dicke Augenbrauen, eine feine Nase und volle Lippen.

»Was machst du hier?«, fragte ich, als ich mich wieder gefangen hatte.

Er verengte die Augen. »Urlaub«, sagte er schließlich mit recht tiefer Stimme.

»Ach was …«

Er strich sich durch das dunkle Haar, das ihm sofort wieder ins Gesicht fiel. »Du musst mir ja nicht glauben.«

»Keiner macht in einem alten Baumhaus Urlaub.«

Er kletterte flink die Leiter hinab, nahm die letzten vier Sprossen mit einem Sprung und kam direkt vor mir zum Stehen.

»Doch, ich.«

Verunsichert trat ich ein Stück zurück, stemmte die Hände in die Hüften und betrachtete ihn für einen Moment. Ich verstand nicht genau wieso, aber wenn ich ihn ansah, kam er mir gar nicht fremd vor, sondern eher wie ein alter Bekannter.

»Und was machst du hier?«, fragte er.

»Das ist mein Baumhaus. Mein Vater und ich haben es gebaut.«

Er steckte die Hände in die Taschen und beuge sich ein Stück zu mir vor. »Ach so. Du bist die Eigentümerin.« Er setzte ein freundliches Lächeln auf. »Erlaubst du mir denn, dass ich meinen Urlaub in deinem Baumhaus verbringe?«

Ich musterte ihn misstrauisch. »Wenn du nichts kaputt machst.«

»Natürlich nicht!«

»Na gut«, sagte ich und umfasste die Riemen meines Rucksacks. »Ich muss jetzt in die Schule.«

Ich bewegte mich einige Schritte rückwärts. Er blieb an der Leiter stehen. »Danke. Ich werde gut auf dein Baumhaus aufpassen.«

Widerwillig drehte ich mich um und machte mich auf den Weg Richtung Straßenbahn. Ich konnte seine Blicke in meinem Nacken spüren und musste mich zwingen, in einem normalen Tempo weiterzulaufen, um mir nicht anmerken zu lassen, wie sehr er mich verunsicherte. Seine Anwesenheit hatte mich vollkommen überrumpelt. In diesem Waldstück war ich zuvor noch nie jemandem begegnet, und dann hatte er sich auch noch so

ungewöhnlich verhalten. Es gefiel mir überhaupt nicht, dass nun jemand Fremdes in meinem Baumhaus sein Unwesen trieb. Aber ich hätte es niemals gewagt, ihm das zu verbieten und mich mit ihm anzulegen. Also blieb mir wohl oder übel nichts anderes übrig, als ihn dort mit meinem Baumhaus allein zu lassen und in die Schule zu fahren.

Sina, Anatoly und Luka saßen vor der Schule auf einer Bank und unterhielten sich. Sina und Ana teilten sich eine Zigarette. Ich sammelte mich kurz, ging zu ihnen hinüber und stellte mich dazu. Sie sahen mich besorgt an.

»Das sind alles Wichser«, sagte Sina zur Begrüßung.

»Kleine scheiß Wichser«, betonte Anatoly.

Luka nickte bestätigend und machte ein wütendes Gesicht. Ich blickte betreten auf meine Füße. Ich wollte momentan eigentlich nicht über Samstagabend reden.

Ich sah zu Sina hinüber. »Seit wann rauchst du denn?«, fragte ich vorwurfsvoll.

Verärgert warf sie die Zigarette auf den Boden und trampelte mit dem Fuß darauf herum. »Wenn ich Stress habe, rauche ich eben.« Sie stand auf. Ana versuchte noch, sie am Ärmel festzuhalten, aber sie war schneller und stampfte in Richtung Schulgebäude. Anatoly lief hinter ihr her.

Luka stand ebenfalls auf. Solch kleine Ausbrüche waren wir von Sina gewohnt. Ich würde später in Ruhe mit ihr darüber reden, denn ich wusste, dass das jetzt sowieso keinen Sinn hatte.

»Wie geht's dir?«, fragte Luka.

Ich zuckte mit den Schultern und machte mich ebenfalls langsam auf den Weg ins Schulgebäude. »Ganz okay. Danke, dass du mich zu Sina gebracht hast.«

»Kein Problem.«

»Ich bin echt froh, dass ihr mir geholfen habt.«

»Wie gesagt, kein Problem.«

Wir liefen quer über den Schulhof. Die Sonne schien bereits heiß auf den Asphalt und von allen Seiten kamen Schüler, die in das Schulgebäude strömten.

Kurz darauf kamen wir an Sinas jüngerem Bruder Niklas vorbei, der bei den Tischtennisplatten mit ein paar Freunden rumhing. Ein Fünftklässler war auch dort. Er wollte offensichtlich seinen Fußball zurückhaben, aber die älteren Jungs warf sich den Ball immer wieder über seinen Kopf hinweg zu, ohne dass er herankommen konnte.

»Bitte«, sagte der Junge mit weinerlicher Stimme. »Das ist mein Ball.«

Niklas stand daneben und lachte gemein. Ich konnte nicht fassen, dass er sich so unmöglich verhielt, weil ich ihn sonst immer nur freundlich erlebt hatte.

»Ich glaube, ihr Bruder ist auch ein Grund für Sinas schlechte Laune«, kommentierte Luka die Situation.

»Kann ich verstehen«, sagte ich, ging dann zu Niklas, fasste ihn am Arm und zog ihn ein kleines Stück von der Gruppe weg.

»Wieso machst du da mit? Das ist total gemein.« Ich sah ihn enttäuscht an.

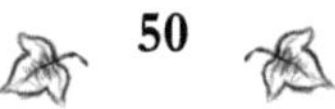

»Ach Emma«, er lachte mich an. »Das ist doch nur Spaß. So was muss jeder Fünftklässler mal mitmachen, das macht die nur stärker.«

Ich wollte gerade antworten, da sah ich den Ball in unsere Richtung fliegen, weil ihn jemand Niklas hatte zuspielen wollen. Ich fing ihn auf und ging zu dem Jungen. Als ich ihm seinen Ball zurückgab, bedankte er sich mit Tränen in den Augen und rannte davon.

Einer von Niklas Freunden beschwerte sich grölend. »Jetzt ist die Schlampe auch noch ein Spielverderber.«

Da trat Niklas einen Schritt vor. »Ey, nenn sie nicht so, sie ist 'ne Freundin.«

Der Typ hob entschuldigend die Hände, grinste aber dabei.

Niklas wollte gerade reagieren, aber ich hielt ihn zurück. »Lass gut sein«, sagte ich und ging, ohne mich noch einmal umzudrehen, über den Hof in das Schulgebäude.

Der Schultag verlief grauenvoll. Die Stunden zogen sich unendlich lang hin, und ich spürte immer wieder die Blicke der anderen Schüler auf mir. Sina hatte die ganzen Bilder auf Instagram zwar gemeldet und sie waren Sonntagabend bereits alle gelöscht worden, aber die Nachricht verbreitete sich auch ohne Soziale Medien ziemlich schnell, insbesondere, weil Mila kaum eine Gelegenheit ausließ, um ihr Leid zu klagen oder sich über mich zu beschweren. Ich war enttäuscht, dass Nelli mir betont aus dem Weg ging, im Deutschunterricht hatte sie sich sogar einen anderen Platz gesucht. Ihr persönlich hatte ich schließlich nichts getan und wir hatten uns sonst immer gut verstanden. Ich war froh, dass Sina, Luka und Ana mir zur Seite standen. Es war zwar grauenvoll, überall als niederer Mensch betrachtet zu werden, aber Sina half mir sehr, indem sie ihre schlechte Laune dazu verwendete, sich mit jedem, der mich auch nur schief anguckte, lautstark anzulegen.

Nach der Schule liefen wir wie üblich gemeinsam zur Haltestelle. Die Sonne strahlte am blauen Himmel und es war angenehm warm. Ich liebte diese Tage, an denen alles hell und voller Leben war. Das gab mir ein wenig Energie zurück.

»Also?«, fragte ich Sina unterwegs, als wir den Trubel vor der Schule hinter uns gelassen hatten. »Was ist los mit dir?«

»Ach, mich macht es sauer, dass die alle so unfair zu dir sind. Von denen hat doch jeder schon im Club mit irgendwem rumgemacht, den er nicht kannte. Sollen die mal nicht die Moralapostel spielen, nur weil Milas Freund ein Arschloch ist.« Sie schnaubte. »Außerdem ist Niklas halt scheiße.«

»Er macht im Moment viel dummes Zeug, aber eigentlich ist er doch ein guter Kerl, oder?«

»Ja, und dass er mit seinen Freunden gestern Nacht an einer Tankstelle Wodka geklaut hat, war EIGENTLICH ein Versehen.«

»Mist.«

»Allerdings. Der Dummkopf hat echt Glück, dass Papa Polizist ist und seine Kollegen ein Auge zugedrückt

haben, aber Niklas zieht solche Dinger ja ständig ab.« Sie schnaubte wieder.

»Vielleicht kannst du mal mit ihm darüber reden.«

»Ach, als ob der mir zuhört, wenn ich was sage. Und die Verräterin von Mutter macht sich in Frankreich ein schönes Leben.«

Sinas Mutter war vor einer Weile nach Frankreich ausgewandert, weil sie dort einen, laut Sina, schmierigen Immobilienmakler kennengelernt hatte und mit ihm zusammengezogen war. Sie hatte ihren Kindern angeboten mitzukommen und ebenfalls nach Frankreich zu ziehen, aber die hatten sich alle entschieden hierzubleiben.

»Reden wir nicht mehr davon«, sagte Sina. »Wir machen nachher 'nen Filmabend bei Ana. Du kommst doch auch?«

»Was wollt ihr gucken?«

»Star Wars oder Herr der Ringe. Mal sehen.«

»Ja, gut, ich komme. Aber ich habe vorher noch was zu erledigen.«

»Okay, komm einfach vorbei, wenn du fertig bist.

Zurück im Wald, versteckte ich mich hinter einem Baum und blickte argwöhnisch zu meinem Baumhaus hinüber. Zwischen den Bäumen war es ganz still. Nur die Blätter raschelten leise im Wind und ein paar Vögel zwitscherten in der Ferne.

Ich wollte herausfinden, ob der seltsame Kerl inzwischen verschwunden war. Die Tücher hingen noch vor der Tür, aber das musste nichts heißen. Vielleicht hatte er

sie einfach zurückgelassen. Aber so ganz traute ich mich trotzdem noch nicht hinter meinem Baum hervor.

Angestrengt lauschte ich in die Stille des Waldes. Ab und an hörte ich einen Zweig knacken, entdeckte aber nur eine Amsel, die in einem Gebüsch verschwand, oder ein Eichhörnchen, das von Ast zu Ast hüpfte. Nach dem nervenaufreibenden Tag in der Schule, tat die kühle Ruhe im Wald sehr gut.

Plötzlich räusperte sich jemand hinter mir.

Ich erschrak fürchterlich und fuhr herum. Mit verschränkten Armen stand er da und sah mich finster an.

»Was machst du hier?«, fragte er.

»Nichts.«

»Beobachtest du mich etwa?«

Ich prustete. »Nein, natürlich nicht.«

Jetzt grinste er und lehnte sich mit der Schulter an den Baum, hinter dem ich mich eben noch versteckt hatte. »So genau kenne ich mich da nicht aus, aber ich glaube, das nennt man heutzutage Stalking.«

»Pfff. Das ist schließlich mein Baumhaus. Ich überprüfe bloß, ob alles in Ordnung ist.«

»Okay.« Er grinste.

»Jetzt sag mal, was machst du wirklich hier?«

»Das habe ich dir doch schon gesagt: Urlaub.«

Nun verschränkte ich die Arme. »Das glaube ich dir aber immer noch nicht.«

»Warum nicht?«

»Weil normale Menschen am Meer oder in den Bergen Urlaub machen und dann in einem Hotel oder einer

Ferienwohnung wohnen oder zumindest in einem Zelt. Aber sie hängen nicht in einem Baumhaus herum, in irgendeiner langweiligen Kleinstadt.«

»Ich habe schon viel vom Meer und ebenso viel von den Bergen gesehen. Hier gefällt es mir gut, es ist schön ruhig, und das Baumhaus ist echt toll gebaut.« Er nickte anerkennend. »Und normal bin ich wahrscheinlich sowieso nicht.« Er lachte.

»Ach so.« Ich versuchte nicht mitzulachen, musste aber schmunzeln, weil sein Lachen so ansteckend war. »Und was ist unnormal an dir?«

»Anscheinend die Wahl meiner Behausung. Kommst du mich jetzt öfter während meines Urlaubs besuchen? Bisher finde ich das ganz unterhaltsam.«

»Vielleicht.« Ich zuckte mit den Schultern. »Aber jetzt bin ich erst mal verabredet.«

»Du gehst schon wieder?« Er zog einen Schmollmund, was ziemlich lustig aussah, weil ich ihn bisher eher ernst und erwachsen erlebt hatte.

»Ja.« Ich wandte mich zum Gehen.

»Warte mal kurz«, sagte er dann und ich hielt inne.

Er kam näher und streckte seine Hand nach mir aus. Irritiert wich ich zurück.

»Halt still«, sagte er und ich gehorchte. Er wirkte mit einem Mal wieder ernst und nachdenklich. Fast schon eindringlich, als ob er eine wichtige Aufgabe erfüllen musste, und ich wagte es nicht, ihn zu unterbrechen. Er stand ganz nahe bei mir und ich betrachtete fasziniert seine braunen Augen, die mit kleinen goldenen Punkten gesprenkelt waren. Der Moment schien eine Ewigkeit zu dauern. Er pflückte ein Blatt aus meinem Haar und ließ es fallen. Sofort war seine Ernsthaftigkeit wieder verschwunden, seine Gesichtszüge entspannten sich und er lächelte.

»So, jetzt kannst du zu deiner Verabredung gehen.«

»Danke.« Ich verspürte den Drang, so schnell wie möglich zu verschwinden und wollte gleichzeitig den ganzen Abend hierbleiben.

»Gern geschehen.«

»Ja gut, ich komme morgen wieder«, sagte ich dann zu meiner eigenen Verwunderung, und er strahlte über beide Ohren.

»Sollen wir picknicken? Das habe ich noch nie gemacht.«

Ich lachte. »Du bist echt verrückt. Aber gut, picknicken wir.«

Dann wandte ich mich wieder zum Gehen.

»Sagst du mir noch, wie du heißt?«, fragte er noch.

»Emma. Und du?«

»Eli.«

Kapitel 4

Anatoly öffnete mir die Tür und umarmte mich überschwänglich zur Begrüßung. »Heeey, Emma, schön, dass du da bist.« Ich trat ein, öffnete meinen Rucksack und reichte ihm die zwei Flaschen Cola, die ich vorhin noch im Supermarkt besorgt hatte. »Ja, danke für die Einladung.«

»Ah perfekt, die stellen wir direkt in den Kühlschrank.«

Ich schloss die Tür, zog die Schuhe aus und folgte ihm in die Küche. Dort beobachtete ich, wie er leise fluchend versuchte, die Cola-Flaschen in dem überfüllten Kühlschrank zu verstauen.

»Kann ich dich was fragen?«

Er schloss die Tür, drehte sich zu mir um und setzte sich grinsend auf den Küchentisch. »Na klar.«

»Hast du einen Plan, was du nach der Schule machen willst?«

Nachdenklich rieb er sich mit der Faust über das Kinn. Dabei kratzte er über die spärlichen Bartstoppeln, die ihm dort wuchsen. »Also, wenn du darauf eine ernsthafte Antwort haben willst, Emma, dann lass mich kurz überlegen. Ich habe bisher eigentlich nicht darüber nachgedacht.«

»Okay.« Ich nahm mir ein Glas aus dem Schrank, füllte es mit Leitungswasser und drehte mich wieder zu ihm um. Dann trank ich einen großen Schluck und lehnte mich an die Theke.

Ana spitzte die Lippen. »Ich will in der Welt ein Zeichen hinterlassen. Etwas, das alle wiederkennen. Damit sie sofort wissen, dass es von mir ist. Das wäre nice.« Er stützte sich mit den Händen ab und sprang schwungvoll vom Küchentisch. »Komm, jetzt gucken wir den Film.« Damit verschwand er im Nebenraum.

Das war eine interessante Antwort. Ich hatte eher mit etwas wie professioneller Skater oder Barkeeper gerechnet. Aber was bedeutete das? In der Welt ein Zeichen hinterlassen?

Ich folgte Anatoly in das kleine Wohnzimmer. Die anderen beiden waren schon da. Luka saß lässig zurückgelehnt auf der Couch. Seine dunkelblonden Haare fielen ihm ins Gesicht und er trug dunkle Skinny-Jeans sowie ein einfaches, weißes T-Shirt. Er sah aus wie immer, trotzdem hatte ich den Eindruck, dass er etwas angespannter wirkte als sonst.

Ich setzte mich dazu und bemerkte erstaunt, dass Anatoly auf dem Tisch bereits frisch gemachtes Popcorn, Chips und Gummibärchen bereitgestellt hatte. So viel Mühe gab er sich sonst nicht.

»Und, was gucken wir?«, fragte ich.

»Star Wars«, sagte Ana.

»Herr der Ringe«, sagte Sina.

Luka seufzte genervt, grinste aber dabei. »Die haben eben schon mindestens zehn Minuten darüber diskutiert, welche Filmreihe besser ist.«

»Was willst du lieber sehen?«, fragte ich ihn, während Sina und Ana sich weiter kabbelten, ob die Extended Versionen der drei Teile von Der Herr der Ringe wohl länger waren als die sechs Star Wars-Filme zusammengenommen.

»Mir ist das relativ egal«, meinte Luka.

»Na dann.« Ich warf Sina mit einem Popcorn ab, um ihre Aufmerksamkeit zu erhalten. »Lass uns Star Wars gucken, das habe ich schon länger nicht gesehen.«

Dafür erntete ich natürlich einen bösen Blick. »Verräterin. Entscheidet sich für Luke, statt für Frodo.«

Sie hob das Popcorn auf und aß es. »Aber gut, bevor ich mich den ganzen Abend mit dem Sackgesicht streite, gucken wir eben Star Wars.« Sie ließ sich neben mich plumpsen. Ana setzte sich triumphierend dazu und nahm die Fernbedienung, um den Film zu starten. Plötzlich landete eine Taube auf dem Fensterbrett. Anatoly beobachtete sie einen Moment, dann warf er wütend ein Kissen gegen die Scheibe und sie flog davon. »Ich hasse diese dreckigen Viecher. Die kacken hier alles voll. Das sind echt die Ratten der Lüfte.«

»Ach, und du hast mehr Recht hier zu sein, als die Taube?«, fragte Sina.

»Jetzt geht das schon wieder los«, flüsterte Luka mir zu. Ich musste kichern.

»Klar hab' ich mehr Rechte als eine Taube.«

»So was macht mich immer wieder wütend«, sagte Sina. »Tauben haben sich an das Leben in der Stadt angepasst. Sie fressen Essensreste, Müll und sogar Kotze – weil es

die beste Möglichkeit für sie ist, um zu überleben, und weil das die Welt ist, die die Menschen geschaffen haben. Und die Menschen verachten sie auch noch dafür.«

»Trotzdem will ich keine Kacke an meinem Fenster«, sagte Anatoly frech, warf Sina aber einen versöhnlichen Blick zu und legte den Arm um sie.

Sina rollte mit den Augen, schien sich aber über die Umarmung zu freuen.

»Na los, starten wir endlich den Film«, sagte sie dann.

Sina und Ana neckten sich auch während des Films fast ununterbrochen. Sie piksten sich gegenseitig, diskutierten über die Qualität der Filmblenden und stritten sich um das gemütlichste Kissen.

Irgendwann standen sie auf. »Wir gehen kurz eine rauchen«, sagte Sina und sie liefen lachend zum Balkon.

Luka und ich blieben allein auf der Couch zurück. Eine Weile kam es mir ganz still vor, obwohl aus dem Fernseher laute Musik und Kampfgeräusche ertönten. Da fiel mir auf, dass wir uns bisher nur selten ohne die anderen beiden unterhalten hatten, und die Stille fühlte sich plötzlich unangenehm an.

»Das Geturtel ist grauenvoll«, begann Luka.

»Man fragt sich, wie sie es die ganzen letzten Monate ohne Körperkontakt ausgehalten haben.«

»Ja.« Wir kicherten.

»Und ob ich zum Rauchen mitkommen will, fragt Ana mich auch nicht.« Seine Stimme hatte sich verändert, er klang bedrückt.

»Du solltest eh' lieber nicht rauchen«, antwortete ich, doch als ich sein trauriges Gesicht sah, wurde mir plötzlich etwas klar und ich fügte hinzu: »Aber es geht gar nicht um das Rauchen, oder?«

Luka legte den Kopf auf meine Schulter. »Nein.«

»Wie lange bist du schon in ihn verliebt?«, fragte ich vorsichtig.

Er seufzte. »Eigentlich schon immer. Seit wir uns kennen.«

»Oh«, machte ich nur, weil ich nicht wusste, was ich sonst sagen sollte.

»Aber sag ihm bitte nichts. Ich will nicht, dass unsere Freundschaft komisch wird.«

Ich nickte und ein Gefühl der Traurigkeit breitete sich in mir aus. Ich konnte spüren, wie schwer es für ihn sein musste, sich etwas zu wünschen, das er niemals haben konnte. Und ich war erstaunt, wie gut es ihm bisher gelungen war, seine Gefühle zu verbergen, und dass ich nicht bemerkt hatte, wie es ihm ging.

Ich kuschelte mich an ihn und wir sahen Obi-Wan Kenobi dabei zu, wie er sich einen Lichtschwertkampf mit Darth Vader lieferte. Diese Helden hatten mit viel schwierigeren Dingen zu kämpfen als wir. Ihre Sorgen waren um einiges bedeutender. Und wir mühten uns schon mit unseren kleinen Problemen ab.

Aber ich war froh, dass die Stille zwischen Luka und mir nun nicht mehr unangenehm war. Es machte mich auch nicht nervös, ihm so nahe zu sein. Wir waren einfach Freunde, die sich Trost und Wärme spendeten.

Ich schloss für eine Weile die Augen und versuchte, den Moment in meiner Erinnerung zu speichern.

»Hey, hey, hey!«, rief Anatoly aus, als er gemeinsam mit Sina zurück ins Wohnzimmer kam. »Was läuft denn da?«

Ich zuckte ein wenig zusammen, öffnete die Augen und setzte mich wieder gerade hin.

»Ach, halt doch die Fresse, Ana«, sagte Luka, stand auf und ging in die Küche. Ich blickte ihm hinterher.

Sina und Anatoly setzten sich wieder neben mich. »Was ist denn los?«, fragte sie.

»Alles gut«, sagte ich. »Wir haben es uns nur gemütlich gemacht.«

Luka kam mit zwei Gläsern Cola zurück. Eines reichte er Anatoly, das andere stellte er auf den Tisch. Dann setzte er sich wieder auf die Couch, legte einen Arm um mich und warf Anatoly einen tadelnden Blick zu. Damit war das Thema gegessen.

Als wir mit dem zweiten Film zur Hälfte durch waren, machte ich mich auf den Heimweg. Ich hätte Sina gern noch von dem Jungen im Baumhaus erzählt, aber sie war an diesem Abend ganz mit Anatoly beschäftigt und wir hatten kaum einen Moment unter vier Augen gehabt. Deshalb beschloss ich, das erst mal auf morgen zu vertagen.

Zu Hause war ich gedanklich noch zu aufgewühlt, um sofort schlafen zu gehen. Ich musste andauernd an Luka denken, der seine große Liebe nun Tag für Tag mit jemand anderem sah. Und der seltsame Eli ging mir ebenfalls nicht aus dem Kopf. Aber da ich mit meinem Text für Deutsch sowieso nicht zufrieden war und ich letzte Nacht einen Traum gehabt hatte, den ich für meinen Aufsatz nutzen wollte, setzte ich mich an den Laptop und begann zu schreiben:

Das Mädchen lag im Bett und schlief tief und fest. Sie war erschöpft, denn sie war heute noch lange im Garten gewesen. Fast all ihre Spielzeuge hatte sie mit hinausgenommen und einen Krieg nachgespielt, über den sie vor ein paar Tagen zusammen mit ihren Eltern einen Bericht im Fernsehen gesehen hatte. Normalerweise hätten ihre Eltern sie sofort ins Bett geschickt, aber sie waren während des Abendprogramms eingeschlafen.

Die Playmobilmännchen hatten gegen die Legofiguren gekämpft und sich eine erbitterte Schlacht geliefert. Einige waren auf Elefanten oder Pferden geritten, es gab Hunde, Löwen und sogar ein paar Nashörner, die eingesetzt worden waren. Mit der Erde im Garten hatte das Mädchen Schutzwälle gebaut, sie hatte sogar ein kleines Feuer entzündet, um brennende Geschosse werfen zu können. Ihre Eltern hatten nicht darauf geachtet, was sie tat, deshalb hatte ihr das Feuer auch niemand verboten.

Als es langsam dunkel wurde und die Schlacht noch immer nicht entschieden war, hatte sie die Figuren im Garten liegen lassen, um am nächsten Tag weiterzuspielen. Sie hatte zu Abend gegessen, eine Folge ihrer Lieblingsserie geschaut und war ins Bett gegangen.

Auch ihre Eltern begaben sich kurz darauf zu Bett und es wurde ganz still, bis sich einige Stunden später im Garten etwas regte. Eines der Pferde, das während des Kampfes ein Bein

verloren hatte und nun unter einer Schicht Schlamm begraben war, erwachte, kämpfte sich nach oben und stand auf. Sein Körper war vom Dreck verkrustet und es konnte sich wegen des fehlenden Beins nur mühsam bewegen. Aber es schleppte sich zu den anderen Figuren und stupste sie mit der Nase an, um sie aufzuwecken.

Viele hatten während der Schlacht schwere Schäden davongetragen. Manche hatten Körperteile verloren, wie das Pferd, andere waren verbrannt oder angesengt, die meisten hatten steife Glieder wegen der Kälte und des Schlamms. Sie alle fürchteten sich vor der Fortsetzung der Schlacht am nächsten Tag und sie stellten sich in einem Kreis auf, um zu entscheiden, wie sie dieser entgehen sollten. Jedem von ihnen war klar, dass das Mädchen die Quelle des Übels war. Es hatte sie alle schlecht behandelt, obwohl es dazu verpflichtet war, sich gut um seine Spielsachen zu kümmern. Also musste es beseitigt werden, darüber waren sich alle einig.

Das Pferd hatte wegen seines verlorenen Beines etwas abseits gesessen. Nun erhob es sich und führte seine Kameraden in Richtung Haus.

Die Tür war natürlich verschlossen, aber das Fenster zum Zimmer des Mädchens stand offen, um die milde, nächtliche Sommerluft hereinzulassen. Obwohl es im Erdgeschoss lag, war es für die kleinen Figuren natürlich trotzdem unerreichbar hoch. Doch zu ihrem Glück gab es einige Efeuranken, an denen sie emporklettern konnten. Also begannen die gepeinigten Spielsachen ihren beschwerlichen Aufstieg.

Das Mädchen wälzte sich wegen eines Alptraums unruhig im Bett hin und her. Es träumte von einer mörderischen Puppe, mit

großen Augen, die von einem bösen Geist besessen war und ihren Besitzern nach dem Leben trachtete.

Inzwischen hatte das dreibeinige Pferd, mithilfe von zwei Legofiguren die Fensterbank erklommen und sah sich neugierig im Zimmer um. Plötzlich erwachte das Mädchen voller Angst aus seinem Traum. Und mit dem Erwachen des Mädchens, verloren all ihre Spielzeuge die Fähigkeit, sich zu bewegen. Voller Entsetzen über diese Niederlage, fiel das Pferd von dem Fensterbrett auf den Boden, weil sein Gewicht durch das fehlende Bein nun nicht mehr ausbalanciert war. Verwundert und noch immer ein wenig verängstigt wegen seines Traumes, betrachtete das Mädchen sein Pferdchen, das es doch eigentlich im Garten zurückgelassen hatte.

Sie stieg aus dem Bett und tapste barfuß zum Fenster hinüber. Nachdenklich hob sie das Pferd auf und entdeckte auch die beiden Legofiguren, die auf dem Fensterbrett lagen. Sie sammelte alle ein und ging, noch immer barfuß, in den Garten. Dort entdeckte sie die meisten ihrer Spielzeuge unter ihrem Fenster liegend. Sie sammelte diese sowie alle anderen, die sie verstreut im Garten fand, ein und brachte sie ins Haus. Dort ließ sie lauwarmes Wasser in die Wanne laufen und mischte es mit ihrem liebsten Badezusatz: pinkfarbene Badeperlen, die im Wasser sprudelten. Sie legte alle ihre Spielfiguren hinein, wusch jede einzelne und befreite sie von dem Schlamm. Erst, als alle abgetrocknet waren und gut verstaut in ihrem Zimmer lagen, legte auch sie sich wieder in ihr Bett und schlief ein.

Am nächsten Morgen bekam ich, kurz nach dem Klingeln meines Weckers, eine Nachricht von Sina:

›Die erste Stunde fällt aus. Treffen wir uns im Park?‹

Ich tippte zurück: ›Ja, ich will auch noch über was mit dir reden.‹

Also schwang ich mich aus dem Bett und wollte gerade irgendein T-Shirt aus dem Kleiderschrank schnappen und unter die Dusche springen, da musste ich an das Picknick mit Eli heute denken. War das eigentlich so eine Art Date? Ich hatte zuvor noch nie ein Date gehabt. Was sollte ich bloß anziehen?

Verunsichert ließ ich den Blick über meine Lieblingslatzhosen schweifen. Und über die wenigen Sommerkleider, die ich besaß, aber fast nie trug. Ich überlegte noch eine Weile hin und her, dann entschied ich mich für ein Jeanskleid, das ich ganz gern mochte, und beeilte mich, um es rechtzeitig zu dem Treffen mit Sina zu schaffen.

Im Park war es beinahe menschenleer. Wir saßen im Gras und lehnten uns mit den Rücken aneinander. Das taten wir oft. So konnten wir stundenlang reden oder auch schweigen. Wir waren zusammen, konnten frei ausdrücken, was wir fühlten, und mussten nie fürchten, dass der andere unsere Tränen sah, falls es mal welche gab.

Es war bereits warm und sonnig und es tat gut, draußen zu sein. Die Sommerluft flirrte lebendig um uns herum und ich wartete, bis Sina zu erzählen begann, was sie auf dem Herzen hatte.

»Meine Mutter heiratet demnächst.«

»Was? Echt?« Damit hatte ich nicht gerechnet.

»Ja, sie hat uns alle eingeladen. Und uns mal wieder angeboten, zu ihr zu ziehen. Was denkt sie sich denn? Sollen wir hier einfach alles zurücklassen? Freunde, Schule, Papa? Die ist doch bescheuert. Ich glaube, Niklas kommt gar nicht damit klar. Der wird noch vollkommen abdrehen, ich sag's dir.«

»Hm. Ich denke, sie versucht auch nur das Beste aus der Situation zu machen.«

»Für'n Arsch.«

Wir schwiegen eine Weile.

»Ich glaube, ich will nicht zu dieser Hochzeit gehen«, sagte Sina dann.

»Und wenn ich mitkomme?«

»Das würde es besser machen.« Ich hörte das Lächeln in ihrer Stimme.

»Wann ist die Feier denn?«

»Nächstes Wochenende.«

»Ganz schön spontan für eine Hochzeit.«

»Ja. Oder, ihr ist im letzten Moment plötzlich eingefallen, dass sie vielleicht auch ihre Kinder einladen sollte.«

»Das glaube ich nicht.«

»Na ja. Was gibt's bei dir? Was wolltest du erzählen?«

Ich zögerte einen Moment. »Ich habe da so einen Kerl getroffen.«

»Schon wieder?« Sie lachte. »Nee, sorry. Solange es nicht dieser Jaden ist, bin ich zufrieden.«

 **67** 

»Nein, natürlich ist es nicht Jaden.«

Ich stupste sie verärgert mit meinem Ellenbogen in die Seite. Dann erzählte ich, dass Eli zur Zeit mein Baumhaus besetzte, ich ihn dort zufällig getroffen hatte, wie faszinierend er war und dass er mich zum Picknicken eingeladen hatte.

Sina atmete einmal tief durch. »Hört sich ziemlich aufregend an. Aber du solltest vorsichtig sein, du weißt ja nicht, was das für ein Kerl ist.«

»Was meinst du damit?«

»Man kann nie wissen, vielleicht hat er was verbrochen. Mein Vater sucht grade nach einem Teenager, der seine Eltern und seine beiden Schwestern umgebracht hat.«

»Ach was«, ich kicherte verunsichert. »Eli ist doch kein Mörder.«

»Das denkst du. Die schlimmsten Mörder sehen meistens ganz harmlos aus.«

»Hm«, machte ich nur und konnte mir trotzdem nicht vorstellen, dass Eli ein gefährlicher Mensch war. Aber sicher konnte ich mir natürlich nicht sein. Dann musste ich an meine Mutter denken und daran, dass sie nicht da war, und ich mich gern auch mit ihr beratschlagt hätte.

»Ich kann verstehen, dass dich die Sache mit deiner Mutter so ärgert«, sagte ich. »Ich hätte meine jetzt auch gern hier.«

Ich strich mit den Fingern durch das Gras. Es fühlte sich kühl und kräftig an. Da entdeckte ich einen Marienkäfer auf einem der Grashalme. Ich hielt meine Hand hin und er krabbelte auf meinen Zeigefinger. Es

kitzelte, als sich seine kleinen Füßchen über meine Haut bewegten.

Sina seufzte. »Na, deine Mutter kommt wenigstens zurück.«

»Ja, ja. Okay, du musst wieder einen draufsetzen,« sagte ich lachend.

»Genau«, sagte Sina scherzend und nun schien auch sie wieder etwas besser gelaunt zu sein.

Ich hielt meine Hand über meinen Kopf hinweg in die Luft. Der Marienkäfer krabbelte auf meine Fingerspitze, flog davon und verschwand im blauen Himmel.

»Mir ist gerade etwas aufgefallen«, sagte ich.

»Was denn?«

»Es gibt dieses Jahr fast gar keine Mücken.«

»Oh ja, jetzt, wo du es sagst. Ich habe die Biester jedenfalls nicht vermisst.«

»Trotzdem komisch, oder?«

»Ja. Unsere Umwelt geht eben vor die Hunde.« Sina stand auf. »Komm, wir müssen los.« Sie reichte mir ihre Hände und zog mich auf die Füße.

Nach der Schule machte ich mich direkt auf den Weg zum Wald, besorgte unterwegs ein paar Blaubeeren sowie zwei Mürbchen und stand gut eine Stunde später an meinem Baumhaus.

Eli konnte ich nicht entdecken. Aber eine rot-weiß karierte Picknickdecke, die nahe der Leiter auf der moosigen Wiese ausgebreitet worden war. An den Rändern war sie mit Steinen beschwert, damit sie nicht

verrutschen oder wegwehen konnte, und in der Mitte standen zwei Gläser auf dem Kopf.

Und da kam auch Eli aus dem Baumhaus hervor, winkte mir fröhlich zu, verschwand wieder und kam mit einer großen Tasche heraus, die er mit Leichtigkeit die Leiter heruntertrug und unten abstellte.

»Ich war mir nicht sicher, ob du wirklich kommen würdest«, sagte er, als er vor mir stand.

Ich sah ihn an, betrachtete sein unbeschwertes Lächeln und seine leuchtenden Augen, in denen es so viel zu sehen gab. Da hatte ich plötzlich dieses ungewohnte Gefühl: Freude und Angst, die aufeinandertrafen, umeinander wirbelten und als unkontrollierbarer Hurrikane durch meine Brust tobten. Davon war ich ganz verwirrt.

»Klar, ich habe ja zugesagt«, sagte ich deshalb nur und bewegte mich schon mal Richtung Picknickdecke, um mich davon abzuhalten, ihn weiter anzustarren.

»Jedenfalls schön, dass du da bist, sonst hätte ich ja alles allein essen müssen.«

Er nahm die Tasche und holte Orangensaft, Haferkekse, belegte Baguettes und Blaubeeren hervor.

»Oh, ich habe auch Blaubeeren mitgebracht«, sagte ich enttäuscht.

»Je mehr, desto besser«, meinte er.

Wir setzten uns auf die Decke, er goss Saft in die Gläser und reichte mir eins, dann streckte er mir seins zum Anstoßen entgegen. »Auf mein erstes Picknick«, sagte er.

Ich musste lachen, weil das Ganze so verrückt war, stieß aber natürlich mit ihm an. Ich trank einen Schluck und beobachtete, wie er sich eine ganze Hand voll Blaubeeren auf einmal in den Mund schob und dabei außergewöhnlich ausgelassen und zufrieden aussah.

»Du bist echt sonderbar«, sagte ich schmunzelnd und begann an einem Baguette zu knabbern.

»Findest du?«

»Ja, schon.«

»Gut oder schlecht sonderbar?«

Ich lachte. »Da bin ich mir noch nicht sicher.«

»Dann müssen wir uns vielleicht besser kennenlernen.« Er überlegte einen Moment und blickte zu den Baumkronen hinauf. Ich betrachtete sein Gesicht, das von den Sonnenstrahlen, die zwischen den Blättern der Bäume auf uns herabschienen, gesprenkelt war. Dann sah er mich wieder an. »Du erzählst mir aufrichtig was von dir und dann erzähle ich dir was von mir.«

Ich verzog das Gesicht. »Was soll ich denn erzählen?«

»Das liegt ganz bei dir.«

»Hmmm … Na ja, ich gehe in die zwölfte Klasse, mein Vater schreibt Krimis und meine Mutter ist im Moment auf Reisen. Sie dreht Dokumentarfilme.«

»Das sind ja nur ein paar oberflächliche Fakten.«

Ich zuckte mit den Schultern und aß einen weiteren Bissen von meinem Baguette.

»Gut, dann machen wir das anders«, sagte er. »Wir stellen uns gegenseitig Fragen und antworten ehrlich darauf.«

»Na gut.«

»Was machst du am liebsten, wenn du einen ganzen Tag frei hast?«

Da brauchte ich nicht lange überlegen. »Ich mache es mir gemütlich und lese ein Buch. Am besten mit selbstgemachtem Eistee und was Leckerem zu Essen.«

»Das klingt wirklich gut. Und sehr stilvoll«, sagte er und lächelte mich an. »Jetzt kannst du was fragen.« Er schob sich eine weitere Hand voll Blaubeeren in den Mund.

»Ich würde wirklich gerne wissen, wieso du hier bist.«

»Das weißt du doch schon.«

»Nein, weiß ich nicht. Ich kann dir einfach nicht glauben, dass du hier Urlaub machst. Und es kann auch nicht sein, dass du ohne Grund die ganze Zeit hier wohnst und schläfst.« Ich zögerte. »Bist du von zu Hause weggelaufen? Ist irgendwas Schlimmes passiert?«

Er sah mich an, als wäre das der absurdeste Gedanke der Welt.

»Oder hast du jemanden umgebracht und bist auf der Flucht?«, fragte ich scherzend, hatte aber ein mulmiges Gefühl dabei, weil ich natürlich an den Typ denken musste, der laut Sina, seine ganze Familie abgeschlachtet hatte.

Da ließ Eli plötzlich die Blaubeeren fallen, die er gerade hatte essen wollen, prustete los und lachte ausgelassen. »Du liegst gar nicht mal so falsch.« Er lachte weiter, hielt sich den Bauch, weil er keine Luft mehr bekam und atmete einmal tief durch, als er meinen besorgten Blick bemerkte. »Natürlich habe ich niemanden umgebracht.« Er seufzte angestrengt. »Ein guter Witz.«

»Was machst du dann hier?«, fragte ich weiter.

»Mir gefällt es hier einfach. Ist das so schwer zu glauben?«

»Ja.«

Eli seufzte wieder und schien einen Moment nachzudenken. »Na gut, komm mal mit.«

Er stand auf und kletterte die Leiter zum Baumhaus hinauf. Ich folgte ihm. Als wir oben auf der Terrasse standen, schob er die Tücher am Eingang beiseite und trat einen Schritt nach rechts, um mir Platz zu machen. »Hereinspaziert«, sagte er.

Ich betrat mein altes Baumhaus und war im ersten Moment verblüfft, weil ich es kaum wiedererkannte. Mit einigen Kissen und Decken hatte er in der hinteren Ecke einen gemütlichen Sitzplatz eingerichtet, der durch einen abgesägten Baumstumpf als Tisch komplettiert wurde. Auf dem Boden lag ein Teppich aus Sisal und überall waren Bücher und Windlichter verstreut. An den Wänden hingen Girlanden aus getrockneten Blättern. Der Ast des Baumes, der mitten durch den Raum in die Decke wuchs, diente den Girlanden als Pfeiler und ließ sie in der Mitte zusammenlaufen.

»Es ist wirklich schön hier. Du hast es in der kurzen Zeit ja richtig wohnlich gemacht«, meinte ich.

»Ja, und ich habe auch schon ein paar Freunde gefunden.«

Ich ging mit ihm zu dem kleinen Fenster und sah hinaus. Eli stand ein Stück hinter mir. Er zeigte mit dem linken Arm über meine Schulter hinweg, lehnte sich nach vorn und stützte sich mit der anderen Hand an der Wand des Baumhauses ab. Dabei berührte er mich nicht, aber ich spürte seine Nähe so intensiv, dass ich mich kaum auf das konzentrieren konnte, was er mir zeigen wollte. Der Raum zwischen uns war leer, aber so spürbar, wie eine Umarmung.

Ich sah zu der Stelle, auf die er zeigte, und entdeckte ein Vogelnest, das nicht weit vom Fenster auf einer Astgabelung lag. Ich wusste nicht, was für Vögel es waren, sie waren klein, braun, fluffig und sehr süß. Und sie riefen fordernd nach ihren Eltern.

»Sie werden jeden Tag ein bisschen größer«, sagte Eli begeistert. »Es macht Spaß, sie wachsen zu sehen.«

Wir beobachteten die Vögelchen noch ein wenig. Irgendwann drehte ich mich vorsichtig um und blickte in sein Gesicht, das ich vor allem in diesem Moment wunderschön fand. Aber ich musste wissen, aus welchem Grund er hier war.

»Jetzt weiß ich, wieso du so gern hier bist, aber ich weiß trotzdem nicht, warum du hier bist.«

»Ist dir das so wichtig?« Er steckte die Hände in die Taschen und trat einen Schritt zurück.

»Ja.«

»Ich kann's dir aber nicht sagen.«

»Warum?«

»Weil du mir nicht glauben und dann wahrscheinlich nie wiederkommen würdest.«

Ich lachte. »Mach doch nicht so ein Drama draus, ich laufe schon nicht weg. Sag es doch einfach.«

»Aus der Welt der Toten.«

Jetzt trat ich einen Schritt zurück. »Toll, das ist ja ganz witzig.«

»Ich sagte ja, du würdest mir nicht glauben.«

Ich sah ihn an und er erwiderte meinen Blick. Traurigkeit lag darin, und ich konnte in seinen Augen sehen, wie sehr er hoffte, dass ich ihm glaubte. Es wirkte absolut nicht so, als würde er sich einen Spaß erlauben. Aber er konnte ja auch unmöglich aus der Welt der Toten kommen, oder etwa doch? Ich verschränkte die Arme. »Es ist dir also ernst damit?«

Er nickte. »Ja.«

Ich sah ihn weiterhin prüfend an. »Es wirkt tatsächlich nicht so, als würdest du scherzen. Aber du weißt schon, dass das, was du sagst, total absurd klingt?«

»Ja.« Widerwillig begann er zu erzählen: »Seit Anbeginn unserer Zeit kommt es immer mal wieder vor, dass Menschen geboren werden, die nicht auf natürliche Weise sterben können.« Er sah mich kurz an, um meine Reaktion zu beobachten. »Es ist, als würde ihnen das Gen fehlen, das sie altern lässt. Oder anders gesagt, ihre Körper verfallen nicht so, wie die Körper anderer Menschen. Und sie werden auch seltener krank. Sie werden zwar ebenfalls älter, aber nicht kränklich und schwach. Sie würden wahrscheinlich niemals sterben. Aber niemand darf ewig leben. Dann würde die Natur irgendwann vollkommen aus dem Gleichgewicht geraten. Ich sorge dafür, dass diese Menschen in die Welt der Toten kommen. Deshalb muss ich ununterbrochen unterwegs sein. Immer auf der Suche, ständig an einem anderen Ort und immer allein. Nach so langer Zeit kann ich es einfach nicht mehr ertragen. Und als ich vor zwei Wochen das Baumhaus entdeckt habe, bin ich einfach geblieben.«

Mit großen Augen starrte ich ihn an und wusste beim besten Willen nicht, wie ich mit dem umgehen sollte, was er mir gerade erzählt hatte. Er wendete den Blick ab, setzte sich auf den Holzboden und wirkte so niedergeschlagen, weshalb ich mir nicht vorstellen konnte, dass er log. Doch weil seine Geschichte unmöglich wahr sein konnte, musste er ja verrückt sein. Aber das konnte ich mir ebenfalls nicht vorstellen.

»Hast du irgendeinen Beweis, für das, was du sagst?«, fragte ich deshalb.

»Beweis. Ihr Menschen wollt immer Beweise sehen. Du könntest mir auch einfach glauben.«

»Das fällt mir leider ganz schön schwer.«

Diesmal zuckte er unschlüssig mit den Schultern.

Wir schwiegen eine Weile. Ich trat unruhig von einem Fuß auf den anderen. Die Gedanken kreisten in meinem Kopf.

»Hm, du sagtest ›ihr Menschen‹. Bist du denn kein Mensch?«, fragte ich dann.

»Doch, irgendwie schon, aber ich zähle mich nicht zu ihnen.«

»Ach so.«

Als er sah, dass mich seine Antwort noch mehr verwirrte, sagte er: »Mein Leben ist nicht mit dem anderer Menschen vergleichbar. Ich bin immer unterwegs, habe

keine Familie oder Ähnliches. Deshalb fühle ich mich den Menschen eigentlich nicht zugehörig.«

Ich nickte langsam und wusste nicht mehr, was ich sagen sollte. Vor allem, weil ich nicht wusste, was ich glauben sollte. Ich strich mir nervös durch die Haare. Die Unsicherheit, nicht einordnen zu können, wer oder was er war, machte mir seine Anwesenheit plötzlich unangenehm. Er konnte mir bestimmt ansehen, wie verwirrt ich war. Aber er sagte nichts mehr.

»Ich glaube, ich sollte langsam gehen. Morgen muss ich ja wieder in die Schule.«

»Würdest du denn danach wiederkommen?«

»Ich bin mir noch nicht sicher, ob ich Zeit habe. Vielleicht.«

Er nickte und blieb am Boden sitzen.

»Bis bald«, sagte ich noch, ging zur Tür, warf ihm einen letzten Blick zu und verließ das Baumhaus.

Kapitel 5

Verwirrt und nachdenklich spazierte ich noch eine Weile durch den Wald, ehe ich mich auf den Heimweg machte. Eli schwirrte ununterbrochen in meinen Gedanken umher. Sein Bild vor meinem inneren Auge veränderte sich ständig, wechselte immerzu den Ausdruck und die Farben. Es war, als könne mein Kopf sich nicht entscheiden, ob er voller Sorge oder voller Sehnsucht an Eli denken sollte.

Zu Hause war es still. Als ich mich umgezogen hatte, setzte ich mich auf die Couch, zappte durch das Fernsehprogramm, schaltete den Fernseher aber nach einer Weile schon wieder aus, weil nichts Interessantes lief.

Ich ging in die Küche, warf einen Blick in den Kühlschrank und beschloss, Pfannkuchen zu machen. Als ich alle Zutaten zusammengerührt und gerade die erste Kelle voll Teig in die Pfanne gegeben hatte, kam mein Vater in die Küche.

»Oh, wie schön«, sagte er gut gelaunt. »Gibt es auch ein paar Pfannkuchen für mich?«

»Klar. Mit Zimt und Zucker?«

»Unbedingt!«

Ich lächelte. »Ist in Arbeit, kommt sofort.«

»Großartig, ich habe den ganzen Tag noch nichts gegessen«, sagte er und gesellte sich zu mir.

Wir brieten abwechselnd einen Pfannkuchen nach dem anderen und verspeisten sie sofort, an die Theke gelehnt, ohne uns vorher hinzusetzen. Mein Vater schien heute, wie so oft, wenn er in seine Geschichten versunken war, eher wortkarg zu sein, also schwiegen wir die meiste Zeit. Aber ich mochte diese stille Art des Beisammenseins, deshalb störte mich diese Eigenart nicht. Ich überlegte, ob ich ihm von Eli erzählen sollte, war mir aber nicht sicher, wie viel. Wahrscheinlich würde er nicht besonders begeistert davon sein, dass ich mich mit Eli traf, vor allem nicht, wenn ich ihm erzählte, dass er angeblich aus der Welt der Toten kam.

Wir aßen unsere Pfannkuchen und es tat schon gut, dass ich mit ihm zusammen hier sein konnte, in dem Wissen, dass er mir zuhören würde, wenn ich ihm doch irgendwann von meinen Erlebnissen erzählen wollte. Also sagte ich nichts, wir aßen zufrieden, räumten danach auf und wischten den Zucker weg, der überall verstreut war. Mein Vater verkrümelte sich anschließend in sein Arbeitszimmer.

Plötzlich fiel mir ein, dass ich in zwei Tagen den Text für die Deutschhausaufgabe abgeben musste. Das hatte ich fast vergessen.

Ich saß eine Weile am Schreibtisch, schrieb ein paar Sätze, brachte aber keinen zusammenhängenden Text zustande. Immer wieder ließ ich mich von meinen Gedanken an Eli oder etwas anderem ablenken. Ich sortierte sogar die Stifte-Box auf meinem Schreibtisch. Irgendwann gab ich es auf.

Am nächsten Morgen war ich immer noch verwirrt und darüber hinaus sehr müde, weil ich kaum geschlafen hatte. Außerdem war es bereits Mittwoch. Und mittwochs stand Sport auf dem Stundenplan. Ich hatte mich schon die ganze Woche davor gefürchtet, denn dort waren Mila und ich im gleichen Kurs, und es war nahezu unmöglich, ihr aus dem Weg zu gehen. Am liebsten wollte ich einfach zu Hause bleiben. Aber ich hatte in meinem ganzen Leben noch nie die Schule geschwänzt und ich würde nicht jetzt damit anfangen.

Allerdings bereute ich diese Entscheidung zutiefst, als ich am Nachmittag in der Sporthalle stand und Teams für ein Handballspiel gewählt wurden. Es stank nach Gummi, altem Holz und Füßen, und ich stand in einer Gruppe von Mädchen, die ich entweder nicht gut kannte oder nicht besonders mochte, mit denen ich im Sportunterricht bisher aber einigermaßen zurechtgekommen war. Heute jedoch hielten alle einen dezenten, aber durchaus wahrnehmbaren Abstand zu mir und ignorierten mich konsequent. Mila und ein anderes Mädchen wählten die Teams. Nach und nach stellten sich die Mädchen zu ihren jeweiligen Team-Captains. Mich wählte keine. Dabei war ich gut im Handball, alle wussten das. Am Ende war nur noch ich übrig, weil wir an diesem Tag eine ungerade Zahl an Schülerinnen waren. Der Lehrer schickte mich zu Mila. Ich schluckte schwer, ging zögernd zu meinem Team und stellte mich möglichst weit von Mila weg.

Auch während des Spiels wurde ich ignoriert, niemand spielte mir zu, niemand sah mich auch nur an.

Irgendwann lief ich nur noch halbherzig am Rand des Spielfelds entlang und hoffte, dass die Stunde bald vorbei sein würde. Ich warf einen verzweifelten Blick auf die Uhr, als plötzlich jemand von der Seite gegen mich prallte und ich unsanft auf meinen rechten Arm fiel. Sie war aus dem gegnerischen Team, hatte hübsche rote Locken und Sommersprossen auf der Nase, Kiara. Sie warf mir einen besorgten Blick zu, wagte es aber nicht, mir aufzuhelfen.

»Kiara«, rief der Lehrer. »Was soll das? Das ist doch kein Teamgeist. Entschuldige dich und hilf ihr auf!«

Sie reichte mir die Hand, lächelte mir entschuldigend zu und half mir hoch.

Ich nahm den Sturz als Begründung dafür, mich für den Rest der Sportstunde an den Rand auf eine Bank zu setzen. Mein Arm tat schon nach wenigen Minuten kaum noch weh, aber das musste ja keiner wissen.

Als es endlich klingelte, floh ich so schnell es ging in die Umkleide, wechselte nur die Schuhe, schnappte meinen Kram und stürmte in den Flur.

Und stand Jaden gegenüber.

Ich verfiel beinahe in Schockstarre.

»Oh! Mist, Emma.« Er sah mich einen Moment verwirrt an. »Ich wollte eigentlich zu Mila.«

»Schon klar«, murmelte ich und versuchte mich an ihm vorbeizuschieben. Doch er hielt mich am Handgelenk zurück. »Bitte, warte kurz. Ich möchte mich entschuldigen.«

Verwundert drehte ich mich wieder zu ihm um.

»Ich hätte dir sagen sollen, dass ich mit Mila zusammen bin. Und wir hätten das nicht tun dürfen.

Die Erinnerung an unsere guten, alten Zeiten hat mich einfach umgehauen, weißt du. Es war echt schön, dich so überraschend wieder zu treffen. Verzeihst du …«

Er kam nicht dazu weiterzusprechen, denn Mila stürmte auf uns zu und schubste mich von ihm weg. »Halt dich bloß von ihm fern, du kleine Bitch.«

Erschrocken taumelte ich ein paar Schritte rückwärts.

»Ach, komm schon, Mila, lass das. Sie hat doch keine Schuld daran, sei sauer auf mich«, sagte Jaden.

Sie funkelte ihn böse an. »Oh ja, und wie sauer ich auf dich bin!«

»Weiß ich ja.« Er wollte sie beschwichtigen, doch ich hatte das Gefühl, dass er eher genervt von ihrer aufbrausenden Art war. »Sie wusste ja nicht, dass wir zusammen sind.«

»Aha.« Ihre Blicke durchbohrten mich. Wut und Trauer lagen darin. Doch plötzlich veränderte sich ihr Ausdruck, sie lehnte sich zurück und sah mich bloß noch gleichgültig an. »Von manchen Menschen kann man eben nicht viel erwarten.«

Damit drehte sie sich um und ging davon. Jaden lief ihr hinterher und legte ihr einen Arm um die Schultern. Er sagte noch etwas und sie lachten.

Ich spürte, wie sich Anspannung und Aufregung langsam verflüchtigten und sich ein grauenvolles Gefühl in mir ausbreitete. Ich fühlte mich bloßgestellt und beschämt und zu Unrecht verurteilt. Außerdem erfüllte mich ein verzehrender Hass, wenn ich an Mila und Jaden dachte, den ich so noch nicht kannte und den ich überhaupt nicht mochte. Ich wollte einfach nur noch weg von hier. Also machte ich mich auf den Weg nach Hause.

Dort ließ ich mich auf das Sofa fallen und merkte, wie ich schon wieder dabei war, mein negatives Gedankenkarussell kreisen zu lassen.

Deshalb stand ich auf, schüttelte mich und setzte mich stattdessen an den Schreibtisch:

Es lebte einmal ein Junge, ganz allein im Wald. Er hatte sich aus Ästen und Lehm eine kleine Hütte zum Schlafen gebaut, und er aß, was er im Wald finden konnte: Beeren, Pilze und Kräuter. Die Tiere waren seine Freunde. Eine Familie hatte er nicht. Er lebte dort schon immer, und er konnte sich nicht erinnern, einmal kleiner oder jünger gewesen zu sein. Auch seine Haare und Fingernägel wuchsen nicht. Er blieb, wie er war, und er war zufrieden.

Doch die Natur um ihn herum war stets in Bewegung. Neue Tiere wurden geboren, wurden groß und starben eines Tages. Er liebte sie alle, aber er trauerte nicht um sie, wenn sie gehen mussten, weil er wusste, dass es richtig so war, denn alles musste einmal ein Ende haben.

Eines Tages traf er ein Mädchen am Waldrand. Sie war hübsch und lustig und tollte mutig mit ihm durch den Wald. Sie trafen sich jeden Tag. Nach der Schule kam sie zu ihm, die Wochenenden verbrachten sie ihm Wald. Er zeigte ihr all die Tiere, die Füchse, die Igel, die Rehe und sogar die Wölfe. Er zeigte ihr die köstlichen Beeren, die sie bedenkenlos essen konnte, und warnte sie vor jenen, die giftig waren. Sie lagen im Moos und träumten gemeinsam. Sie rannten und sprangen über Äste und umgefallene Baumstämme hinweg und taten, als seien sie der Wind.

Ein Jahr verging, sie wurde älter und hübscher. Der Junge blieb, wie er war, aber nun war er unzufrieden. Auch er wollte älter werden, gemeinsam mit ihr. Sie sagte, es störe sie nicht, dass er immer jung bleiben würde, und er war froh.

Ein weiteres Jahr verging und sie kam immer seltener zu ihm. Bald nur noch einen Tag am Wochenende, sie erzählte von Schulpartys und Freunden und von ihrer Zukunft. Und wie viel sie erlebte und wie viel sie zu erledigen hatte. Irgendwann kam sie gar nicht mehr. Der Junge wartete noch oft am Waldrand und hoffte darauf, sie zu sehen, doch es verirrte sich niemand mehr in diese einsame Gegend. Einige Monate später gab er das Warten schließlich auf. Und der Junge blieb allein. Er blieb allein im Wald, wo er hingehörte und tat, was er immer getan hatte. Er war traurig, dass das Mädchen nie wiederkam, er weinte viele Nächte lang, doch er wusste, es war richtig, wie es war. Denn alles musste irgendwann enden.

Am nächsten Morgen ging ich vor der Schule zum Baumhaus, um nach Eli zu sehen und ihm zu sagen, dass ich ihn nachher besuchen würde. Als ich dort ankam, war es ganz ruhig.

Ich wartete einen Moment, stieg die Leiter hinauf und klopfte an die Holzwand. Keine Reaktion. Ich klopfte noch einmal. Wieder keine Antwort. Vorsichtig schob ich die Tücher an der Tür beiseite und lugte hinein, aber im Baumhaus war niemand. Enttäuscht stieg ich die Leiter wieder hinab, spähte ein letztes Mal in den Wald und machte mich, als ich dort auch niemanden entdecken konnte, auf zur Schule.

Ich hatte Angst, dass Eli gegangen war und nicht wiederkommen würde. Abgesehen von seinem Vornamen wusste ich nichts über ihn. Ich würde ihn nie wiederfinden. Aber ich beruhigte mich selbst damit, dass er sicher nur kurz unterwegs war, und dass ich ihn nach der Schule bestimmt treffen würde.

Sina, Anatoly und Luka saßen, wie so oft, vor der Schule, rauchten und unterhielten sich.

Als Sina mich sah, winkte sie mich zu sich heran. »Emma, komm schnell her.«

Ich ging auf sie zu.

»Schnell, schnell«, sagte sie noch mal.

»Jaja«, lachte ich. »Was ist denn so wichtig?«

Ich erkannte den verzweifelten Blick von Luka und wusste eigentlich schon, dass es so wichtig nicht sein konnte.

»Was meinst du«, fragte Sina. »Riechen Fürze in der Badewanne anders?«

»Was?« Ich lachte.

»Ana meinte, Fürze riechen anders, wenn man in der Badewanne furzt.«

»Ja, eindeutig«, sagte er mit ernstem Blick.

»Das ist doch Bullshit«, sagte sie.

»Nein«, empörte sich Anatoly.

»Doch.« Sie sah mich an. »Also?«

»Ich weiß nicht, das habe ich noch nicht ausprobiert, kann ich also nicht beurteilen.«

Sie rollte mit den Augen. »Tolle Hilfe bist du.«

Sie wollte noch etwas sagen, aber Luka stand betont seufzend auf.

»Die Diskussion führt doch zu nichts. Sucht euch doch wenigstens ein sinnvolles Thema zum Streiten.« Er sagte das zwar mit einem spaßigen Unterton, doch er wirkte tatsächlich etwas genervt. »Ich geh' rein.«

»Ich komme mit«, sagte Anatoly, drückte seine Zigarette aus und die beiden verschwanden in der Schule.

Ich setzte mich neben Sina. »Ich muss dir noch erzählen, was gestern mit Jaden passiert ist«, sagte ich zu ihr.

Sie sah mich mit großen Augen an. »Aber sofort.«

Ich berichtete, wie ich gestern in Jaden hineingelaufen war, von Mila und der Party und wie die beiden tuschelnd weggegangen waren.

»Wow, das ist ja unglaublich«, sagte Sina. »Wie ekelhaft überheblich die sind.«

»Ja.«

»Weißt du, was wir machen sollten?«

»Nee.«

»Wir sollten Milas Party crashen.«

»Was?«

»Ja, wir gehen hin, haben Spaß und reiben ihnen das unter die Nase. Damit können wir Mila den Abend hundertprozentig verderben. Das wird großartig!«

»Na, ich weiß nicht«, sagte ich.

»Oh doch, das machen wir. Ich kläre das nachher mit den anderen beiden.«

Ich wippte unruhig mit dem Fuß. »Ich denke nicht, dass wir das tun sollten.«

»Sie hat dich doch letztens eingeladen? Also ist es nicht verwerflich. Und Luka hat, soweit ich weiß, auch eine Einladung bekommen.« Sie grinste.

Ich zuckte mit den Schultern. »Mal sehen.«

»Auf jeden Fall.« Sie stupste mich mit dem Ellenbogen und wir machten uns ebenfalls auf den Weg in den Klassenraum.

»Sag mal, was ist jetzt eigentlich mit diesem Eli?«, fragte sie. »Wie war das Picknick? Trefft ihr euch wieder? Kann ich ihn auch mal sehen?«

»Es war schön«, sagte ich. Zu Beginn war es das ja auch gewesen. »Ich denke, ich gehe heute wieder hin.«

In Wahrheit konnte ich den Schulschluss kaum erwarten und machte mich am Nachmittag so schnell wie möglich auf den Weg zum Wald.

Als ich aus der Bahn ausstieg, lag eine kaum merkliche Schwere in der Luft. So, als ob es an diesem Tag noch regnen würde. Kurz darauf erreichte ich das Baumhaus, sah Eli auf der Leiter sitzen und spürte sogleich einen freudigen Hüpfer in meinem Inneren. Er bemerkte mich und blickte auf. Unsicher lächelte er mir zu, grüßte mich, blieb aber sitzen, wo er war.

Ich ging ein Stück näher.

»Ich denke, ich werde dir glauben«, sagte ich.

»Wieso?«

»Ist so ein Gefühl.«

»Wie sicher bist du dir mit diesem Gefühl?«

Ich überlegte einen Moment. »Ziemlich sicher.«

»Okay. Das reicht mir.« Und sein Gesicht strahlte wieder, als wäre nie etwas passiert.

Er stand auf. »Ich weiß auch schon, was wir heute unternehmen.«

»Ach so?«

»Wir gehen ins Kino. Ich war noch nie mit Begleitung im Kino. Und nachher wird es sicher ohnehin gewittern.«

Ich wusste gar nicht recht, was ich zuerst sagen oder fragen sollte. »Warst du sonst immer ganz allein im Kino?«

»Ich bin eigentlich immer allein.«

»Oh.«

»Allerdings gehe ich sonst nur heimlich ins Kino, weil ich durch meinen, ich sage mal Job, ja kein Geld verdiene, mit dem ich die Karte bezahlen könnte.«

»Nicht?«

»Nein.«

»Und wie gehst du heimlich ins Kino?«

»Na, wenn ich nicht gesehen werden will, bin ich für die Menschen quasi unsichtbar, sie übersehen mich einfach.« Erstaunt sah ich ihn an. »Ich muss nur aufpassen, dass sich keiner auf mich draufsetzt.« Er lachte.

Da musste ich auch lachen.

»Aber ich habe noch ein paar Fragen, bevor wir gehen«, sagte ich.

»Na klar, frag.«

»Wie funktioniert das? Wenn du die Menschen in den Tod holst, meine ich.«

»Ach so, *diese* Art von Fragen.« Er überlegte. »Wie genau es funktioniert, kann ich dir auch nicht sagen. Ein

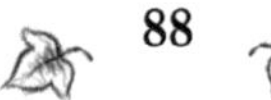

Gefühl sagt mir, wer der nächste ist, wer schon lange Zeit gelebt hat, länger als jeder normale Mensch. Das Gefühl sagt mir auch, wo sich derjenige befindet. Es ist wie ein innerer Drang, dort hinzugehen. Dann muss ich die Person nur noch berühren.«

»Eine Berührung von dir bringt die Menschen um?«

»Ja.«

Das klang beängstigend. Aber ich schob meine Sorgen beiseite, denn ich hatte beschlossen, ihm zu vertrauen. Also stellte ich eine andere Frage. »Wie lange machst du das schon? Du bist doch nicht viel älter als ich, oder?«

»An sich bin ich schon etwas älter, aber körperlich altere ich nicht.«

Ich starrte ihn mit großen Augen an. Das war ja wie in diesen Vampirgeschichten. »Na, und wie lange arbeitest du schon als …«

»Ich nenne es Seelenfänger.«

»… als Seelenfänger?« Das Wort kam mir schwer über die Lippen.

»Ich weiß nicht genau. Ein paar Hundert Jahre bestimmt.«

»Ach so.« Diese Information musste ich erst mal verarbeiten. Also wechselte ich lieber erneut das Thema. »Ähm, gut, gehen wir ins Kino. Da läuft ein Film, den ich gern sehen möchte.«

»Perfekt.«

»Und wenn du kein Geld hast, bezahle ich einfach.«

»Super, sehr nett von dir.« Er marschierte los.

Ich schloss zu ihm auf. »Noch eine Frage.«

»Ja?«

»Gibt es andere wie dich?«

»Ja. Wie viele es sind, weiß ich nicht, wir sehen uns nicht oft. Wo der eine ist, muss der andere nicht sein, verstehst du?« Er warf mir einen frechen Seitenblick zu. »Aber ich bin eh' der interessanteste, hübscheste und friedliebendste von ihnen, das kannst du mir glauben.«

Ich lachte. »Ich habe auch nicht deshalb gefragt, weil ich sie unbedingt kennenlernen wollte.«

»Gut«, sagte er.

Wir schauten eine Teenie-Komödie, die vor ein paar Tagen angelaufen war. Wir lachten viel und es war, als wären wir bereits alte Freunde, wenn wir uns bei den entsprechenden Szenen amüsierten, begeisterten oder uns verärgerte Blicke zuwarfen. Trotzdem war ich während des Films sehr abgelenkt, weil mir immer wieder neue Fragen einfielen, die ich Eli stellen wollte. Und auch, weil er im Halbdunkel so nah bei mir saß. Er duftete nach Wald und nach etwas, das bei ihm einzigartig und deshalb nicht zu beschreiben war. Ich sehnte mich danach, mich an ihn zu lehnen und in seine Arme zu kuscheln. Gleichzeitig war ich wie gelähmt und wagte es nicht, mich ihm zu nähern, weil ich nicht wusste, ob seine Berührungen gefährlich für mich sein konnten. Auch er blieb auf Abstand und so saßen wir einfach nur nebeneinander.

Als der Film vorbei war, blieben wir noch eine Weile sitzen und beobachteten, wie die Namen im Abspann

über die Leinwand liefen. Wir verließen als Letzte den Kinosaal, traten ins Foyer und blickten durch die großen Fenster auf die Straße. Dort begrüßte uns eine Wand aus Regen.

»Du hattest wohl recht mit dem Gewitter«, sagte ich zu ihm.

»Aber natürlich. Komm mit.« Er ging zu dem Schirmständer am Eingang, in dem ein alter Klappschirm sein Dasein fristete. Er hielt ihn hoch und blickte zu der Frau an der Kasse, die gerade das Geld zusammenräumte. »Wissen Sie, wie lange der hier schon steht?«

Sie hob desinteressiert den Kopf. »Ich glaube, der ist da schon, seit ich angefangen habe, hier zu arbeiten.«

»Gut, danke.« Er winkte mit dem Schirm in Richtung Ausgang. »Gehen wir, Emma.«

Draußen spannte er den Schirm auf und hielt ihn mir über den Kopf. Der Schirm war viel zu klein, um uns beide zu bedecken, und so war eigentlich nur seine rechte Schulter im Trockenen.

»Aber du wirst ja ganz nass«, sagte ich deshalb.

»Das macht mir nichts.« Er lief los.

»Dann wirst du krank.«

»Ich werde nie krank.«

»Nicht?«

»Nein. Einer der wenigen Vorteile, so zu sein, wie ich. Ich bringe dich sicher und trocken nach Hause. Ist es weit von hier?«

»Nein, ungefähr fünfzehn Minuten zu Fuß.«

»Gut.« Er ging ein bisschen langsamer. »Der Film war lustig.«

»Ja, stimmt.«

»Und es tat gut, mal was Normales zu machen. Eigentlich beneide ich dich darum, dass du morgen, wie jeder andere auch, in die Schule gehen kannst.« Er machte eine kleine Pause. »Erzähl mir, wie es ist, in die Schule zu gehen.«

»Hm«, machte ich. »Hauptsächlich langweilig und nervig. Da gibt es nicht viel zu sagen.«

»Egal. Erzähl einfach von irgendwas.«

»Die Zeit vergeht schrecklich langsam, und eigentlich will jeder lieber woanders sein. Außerdem sind die meisten Mitschüler nicht besonders nett.«

»Trotzdem würde ich mir das gerne mal ansehen.«

»Dann komm doch morgen mit.«

»Meinst du?«

»Wieso nicht? Du kannst ja dieses Unsichtbarkeits-Dings machen.«

»Eine gute Idee.« Er grinste verschwörerisch. »Das machen wir.«

Da musste ich lachen. »Gut, ich freue mich darauf.«

Der Regen prasselte unaufhörlich auf den Schirm und auf Eli ein. Seine Haare waren ganz nass und klebten ihm im Gesicht. Ich hatte ein schlechtes Gewissen.

»Stört dich der Regen wirklich nicht?«

»Nein.« Er sah mich an. »Wieso sagst du, die meisten Mitschüler seien nicht nett?«

»Ach … Na ja, da kommen so viele verschiedene

Menschen zusammen. Man kann sich ja nicht mit allen verstehen.«

»Das ist aber nicht alles, oder?«

»Nein.«

Also erzählte ich ihm, was ich mit Jaden und Mila erlebt hatte und wie sich die meisten meiner Mitschüler seitdem mir gegenüber verhielten.

Eli schwieg einen Moment. »Wenn sie einer so gemeinen Person, wie dieser Mila folgen, sind deine Mitschüler wirklich alles andere als nett, da hast du recht.«

»Ja.«

»Und, magst du diesen Jaden?«

Seine Frage machte mich ganz nervös. »Ich mochte ihn mal. Das ist wahrscheinlich ein Unterschied.«

»Ja, wahrscheinlich.«

Plötzlich tauchte unsere Haustür im Regen auf. Ich hatte gar nicht bemerkt, dass wir schon so weit gelaufen waren. »Wir sind da«, sagte ich.

Er reichte mir den Schirm. »Okay«, sagte er und sah mich an.

In diesem Moment hatte ich alles vergessen, was ich ihn eigentlich noch hatte fragen wollen, und ich bekam kein Wort heraus. Ich sah ihn an und war von seiner Erscheinung fasziniert. Ich konnte nur noch daran denken, dass ich ihn noch nicht gehen lassen wollte.

Er blickte zum Haus und betrachtete es kurz. Regentropfen liefen über sein Gesicht, das schwarze Shirt klebte wie eine zweite Haut an seinem Körper, alles war leise, nur der Regen war laut. Er sah mich wieder an.

»Also sehen wir uns morgen?«, fragte er.

Ich nickte.

»Gut.« Er lächelte mir noch flüchtig zu, ehe er sich umdrehte.

Und dann verschwand er im Regen.

Kapitel 6

Im Flur herrschte Gedrängel und die verschiedensten Geräusche flogen durch die Gegend. Die meisten waren auf dem Weg in ihre Klassenräume, saßen auf den Fensterbänken oder lehnten an der Wand und unterhielten sich. Ein paar Fünftklässler rannten kreischend zwischen den anderen kreuz und quer durch den Gang. Und zwei hochgewachsene Schüler in Sportkleidung schlugen sich abwechseln gegenseitig mit flacher Hand auf den Nacken, um zu prüfen, wer länger durchhielt.

Eli beobachtete das Geschehen interessiert. Und ich beobachtete ihn. Als er das bemerkte, beugte er sich zu mir.

»Und?«, fragte er. »Was machen wir jetzt?«

»Wir gehen zum Klassenraum. Ich habe Mathe.«

Er richtete sich auf. »Super, dann los!«

Wir gingen ein Stück den Gang entlang und kamen an einem Schaukasten vorbei, der an der Wand hing und in dem einige Bilder aus dem Kunstunterricht ausgestellt wurden. Eli blieb davor stehen. Ich gesellte mich dazu.

»Haben die Schüler die Bilder gemalt?«

»Ja.«

»Ist auch eins von dir dabei?«

Ich lachte auf. »Nein, ich kann nicht malen.«

»Ach so.«

Er sah sich ein Bild mit einer bunten Vogelscheuche, die ungewöhnlich gut gekleidet war, genauer an. Sie trug einen Federhut und eine Handtasche von Luis Vuitton. Auf dem Gang wurde es langsam leerer.

»Na los, ich will nicht zu spät kommen«, sagte ich zu ihm und wandte mich zum Gehen. Da sah ich Mila auf der anderen Seite des Gangs, die gerade in ihrer Handtasche kramte, und drehte mich vorerst doch lieber wieder um.

»Was ist?«, fragte Eli. »Wieso kommst du zurück?«

»Ich möchte eine Begegnung mit Mila vermeiden. Die steht da drüben.«

»Oh.« Eli drehte sich um. »Das ist ja ein Zufall.«

»Was?«

»Sie ist eine von den Unsterblichen.«

»Das kannst du so einfach auf einen Blick sehen?«

»Ja, klar.«

»Und … darfst du sie dann umbringen?«

»Bei so jungen Menschen machen wir das normalerweise nicht, aber wenn du willst, mache ich eine Ausnahme.« Er ging auf sie zu.

»Nein, nein, das war nur Spaß!«, rief ich.

Er lachte. »Ich weiß.«

Einige Schüler, auch Mila, drehten sich zu mir um. Ich hatte vergessen, dass Eli für alle anderen unsichtbar war und in ihren Augen niemand da war, mit dem ich geredet haben könnte. Wie grausig. Ich hielt mein Handy schnell so, dass es hoffentlich so aussah, als hätte ich eine Sprachnachricht verschickt. Eli lachte wieder. Mila

rollte herablassend mit den Augen. Ich ging schnell zum Klassenzimmer.

Das heutige Thema in Mathe war Aussagenlogik. Die Lehrerin schrieb eine Menge Regeln an die Tafel und Eli saß auf einem Platz neben mir. Er blickte gebannt nach vorn und es war, als würde er alles, was passierte, hungrig aufsaugen. Ab und an beobachtete er die anderen Schüler oder warf mir einen fröhlichen Blick zu. Manchmal stellte er mir Fragen zu dem Thema und ich versuchte ihm, so gut es ging weiterzuhelfen, indem ich die Antworten auf mein Blatt schrieb, um nicht wieder dadurch aufzufallen, dass ich mit mir selbst zu reden schien. Vom Matheunterricht bekam ich dadurch nicht wirklich viel mit. Aber es war faszinierend zu sehen, wie Eli auf seinem Stuhl praktisch vor Freude innerlich tanzte, und es war wunderbar, in seiner Nähe zu sein.

In der nächsten Stunde hatten wir keine Plätze nebeneinander bekommen können, und Eli saß ein paar Reihen von mir entfernt. Es stand Englisch auf dem Stundenplan, mit dem langweiligsten Lehrer, den die Schule zu bieten hatte. Zunächst wirkte Eli noch interessiert. Er hatte die Ellbogen auf die Tischplatte gestützt, den Kopf in seine Handflächen gelegt und blickte nach vorn. Doch schon bald konnte ich beobachten, wie sein Körper immer mehr in sich zusammensackte und er mit den Fingern gelangweilt Kreise auf der Tischplatte nachzuziehen begann. Ich unterdrückte ein Kichern. Auch die Tatsache, dass er für alle anderen Menschen momentan unsichtbar war, fand ich wirklich seltsam. Es fühlte sich an, als wäre er mein Phantasiefreund. Ich hatte gar keinen Beweis dafür, dass es ihn wirklich gab. Vielleicht wurde ich verrückt?

Ein Blick auf die Uhr verriet mir, dass sich die Unterrichtsstunde noch eine ganze Weile hinziehen würde. Ich atmete einmal tief durch und versuchte, mich wieder zu konzentrieren.

»Mir ist so langweilig«, sagte Eli plötzlich in die Stille des Unterrichts hinein.

Ich zuckte kurz erschrocken zusammen. Niemand sonst reagierte auf seine Worte. Ich hatte mich noch immer nicht daran gewöhnt, dass die anderen ihn nicht hören konnten. Da musste ich auf einmal lachen, weil diese Situation so absurd war.

»Emma«, ermahnte mich der Lehrer. »Was ist so lustig?« Die Schülerin neben mir sah mich irritiert an.

»Nichts«, sagte ich entschuldigend und hielt mir anschließend eine Hand vor den Mund, um das Lachen zu unterbinden.

»Schön. Dann sei bitte leise und erledige die Aufgaben.«

Ich wollte Eli einen strafenden Blick zuwerfen, doch er war plötzlich verschwunden. Verwirrt blickte ich mich um, konnte ihn im Klassenraum aber nirgends entdecken.

Auf einmal ertönte ein lautes Surren, die elektrischen Jalousien an den Fenstern setzten sich in Bewegung und der Raum verdunkelte sich langsam. Meine Mitschüler begannen zu tuscheln und zu kichern.

»Meine Güte, was ist denn jetzt schon wieder kaputt?«

Der Lehrer stand auf. Er drückte einen Schalter an der Wand, die Jalousien fuhren nach oben und es wurde wieder heller.

Grummelnd setzte er sich zurück an sein Pult. Doch genau in dem Moment, in dem er sich auf seinem Stuhl zurückgelehnt hatte, fuhren die Jalousien wieder nach unten. Ein paar Schüler lachten.

Er warf einen ärgerlichen Blick in die Klasse, stand auf, betätigte den Schalter, setzte sich wieder und starrte eine Weile argwöhnisch zum Fenster. Diesmal blieb es ruhig.

So langsam ahnte ich natürlich, was hier los war. Ich stand auf. »Darf ich mal zur Toilette?«, fragte ich.

Der Lehrer grummelte. »Von mir aus, mach aber schnell.«

Ich ging zur Tür, öffnete sie und achtete darauf, die Tür nicht vollständig zu schließen, damit Eli unbemerkt hindurchgehen konnte.

Als ich in den Toilettenräumen angekommen war und mich vergewissert hatte, dass die Kabinen leer waren, stemmte ich die Hände in die Hüften.

»Was machst du denn da?«, fragte ich ins Leere.

»Es ist so furchtbar langweilig da drin«, hörte ich seine Stimme hinter mir.

Eli stand bereits am Fenster.

»Ach was? Hab' ich dir doch gesagt.« Ich lachte über sein gequältes Gesicht. »Verstößt es nicht gegen die Regeln, deine Macht für Streiche zu missbrauchen?«

»Keine Ahnung. So was hab ich vorher noch nie gemacht.«

»Echt nicht?«

»Nein. Ich habe immer bloß meine Arbeit erledigt.«

Ich war erstaunt. »Du hast dich eben auch vor mir unsichtbar gemacht«, stellte ich außerdem fest.

»Ja, so war es viel lustiger.«

»Na ja«, meinte ich. »Hast du das vorher schon mal gemacht?«

Er grinste. »Das wäre ja mehr als unmoralisch.«

»Heißt das jetzt ›ja‹ oder ›nein‹?«

»Na, vielleicht bin ich dir ein Stück hinterhergelaufen, nachdem wir uns das erste Mal getroffen haben.«

»Was?«

»Nur bis zur Bahn.«

»Nur bis zur Bahn?«

»Ja wirklich. Ich stalke niemanden, keine Sorge.«

Ich beäugte ihn kritisch.

»Ich beobachte auch niemanden beim Schlafen oder Duschen oder so was, falls du jetzt daran denkst«, sagte er scherzend.

»Okay.«

»Na gut, vielleicht einmal.« Er lachte.

Ich sah ihn schockiert an.

Plötzlich hörte ich die Tür und wie jemand in den Toilettenraum kam. Ich räusperte mich und drehte mich zum Waschbecken.

»Ach Emma!« Natürlich war es Sina, die gerade hereinkam. Ich hatte eigentlich versucht, ihr heute aus dem Weg zu gehen. Denn ich wollte genau diese Situation vermeiden, in der Eli neben uns stand und uns zuhörte, ohne dass sie davon wusste.

»Ich bin so froh, dass ich dich hier treffe«, sagte sie. »Das ist echt Schicksal, ich muss mit dir reden. Niklas hat diesmal echt Scheiße gebaut.«

»Oh, okay.«

Ich warf einen unsicheren Blick Richtung Fenster. Ich konnte Eli sehen, Sina offensichtlich nicht, denn sonst hätte sie mit Sicherheit auf ihn reagiert. Schließlich drückte ich mich normalerweise nicht mit Jungs im Mädchenklo herum.

»Die haben betrunken Papas Auto genommen und sind vor 'nen Baum gefahren.«

»Was?« Ein Schreck durchfuhr mich. »Wie geht es ihnen?«

»Zum Glück ist den Idioten nichts passiert. Aber sie hätten dabei draufgehen können! Und mein Vater war so wütend, wie noch nie.«

»Kann ich verstehen. Und was macht ihr jetzt?«

»Keine Ahnung. Niklas redet mit keinem darüber.«

»Soll ich's mal versuchen?«

»Ich weiß nicht. Ja, vielleicht. Mit dir spricht er mehr als mit mir.«

»Okay.«

Sie überlegte kurz. »Du könntest mich morgen vor der Party abholen und mit ihm reden. So ganz zufällig, weißt du, während ich mich noch umziehe, weil ich leider zu spät dran bin.«

»Mann, ich will doch nicht zu der Party.«

»Doch, klar gehen wir da hin. Das war doch schon ausgemacht. Schließlich bist du eingeladen. Luka hat auch 'ne Einladung bekommen. Wir reiben Mila unter die Nase, wie viel Spaß wir haben. Du kannst ja auch diesen Eli mitbringen.«

Ich vermied es, mich zu Eli umzudrehen, ich spürte auch so, dass er bis über beide Ohren grinste.

»Ich überleg's mir«, sagte ich und ging zur Tür. »Jetzt muss ich wieder zum Unterricht.«

»Gut, bis dann«, sagte Sina und verschwand in einer der Toilettenkabinen.

Im Flur lief Eli neben mir her. Er grinste immer noch. »Was hast du ihr denn von mir erzählt?«

»Gar nichts.«

»Irgendwas über einen gutaussehenden Kerl, den du im Wald getroffen hast?«

Ich wurde rot. Das ärgerte mich. »Nein, Sina interpretiert da immer zu viel rein, wenn ich was erzähle.«

»Also, ich würde gern mit zu der Party kommen.«

»Das war ja klar«, flüsterte ich und ging zurück in den Klassenraum.

Am Abend saßen wir gemeinsam auf der Veranda des Baumhauses. Eli hatte eine Kerze angezündet und sie neben uns gestellt. Der abendliche Wald surrte um uns herum und ein kühler Wind vertrieb die schwere Luft des warmen Sommertages, der so rasend schnell an mir vorbeigezogen war. Nach der Schule hatten Eli und ich

ein Eis gegessen, waren in der Stadt spazieren gegangen, hatten mit den Füßen im nahegelegenen Fluss geplanscht und waren anschließend bis zum Wald gelaufen.

Nun sah ich zu Eli hinüber, der die Augen geschlossen hatte und sich die letzten Sonnenstrahlen ins Gesicht scheinen ließ. Es fühlte sich richtig an, bei ihm zu sein. Ich betrachtete sein schönes Gesicht, seine Muskeln, die sich unter dem enganliegenden T-Shirt abzeichneten, und seine Hände, mit denen er sich auf das Holz gestützt hatte. Da kam mir wieder eine meiner Fragen in den Sinn.

»Sterbe ich, wenn ich dich anfasse?«

Er schlug überrascht die Augen auf und sah mich verwundert an, dann lachte er. »Probier's aus, dann weißt du es.«

Ich warf ihm einen bösen Blick zu und berührte vorsichtig seinen Unterarm. Ich spürte seine warme Haut unter meinen Fingern. Meine Hand begann leicht zu kribbeln und mein Herz schlug ein wenig schneller. Mehr passierte nicht. Für einen kurzen, schönen Moment ließ ich meine Hand auf seinem Arm liegen und wollte sie gerade wieder wegziehen, da schlang er beide Arme um mich und ließ sich mit mir nach hinten auf die Bodenbretter des Baumhauses fallen. Ich lag mit dem Kopf auf einem seiner Arme, er hatte sich leicht über mich gebeugt und hielt meine Hand in seiner.

»Siehst du«, sagte er leise. »Vollkommen ungefährlich.« Sein Gesicht war meinem ganz nah. Seine Lippen streiften leicht meine Wangen, ich war mir so sicher, dass er mich gleich küssen würde. Doch sein Blick ruhte bloß noch einen Moment auf meinem Mund, dann richtete er sich auf und zog dabei auch mich wieder hoch.

Ich brauchte einen Moment, um mich zu sammeln und starrte verwirrt und mit klopfendem Herzen in den Wald.

»Lass uns das Spiel mit den Fragen weiterspielen«, sagte er zu mir.

»In Ordnung«, sagte ich. Mein Herz schlug immer noch wie wild.

»Wenn du eine Sache an dir ändern könntest, welche wäre das?«

»Weniger unsicher sein.«

»Ah, das ist interessant. Versuche, es positiv zu formulieren.«

»Was meinst du?«

»Zum Beispiel: Ich wäre gern mutiger. Worum geht es dir dabei, weniger unsicher zu sein?«

»Ich weiß nicht genau. Ich habe das Gefühl, alle anderen haben eine klare Meinung und kennen ihren Weg ganz genau. Mein Weg ist schlecht zu erkennen und mit Efeu zugewachsen.«

»Das ist schon in Ordnung so. Du wirst den Weg bestimmt sehen, während du ihn gehst.«

»Was würdest du denn gern an dir ändern?«, fragte ich.

Sein Gesicht verfinsterte sich. »Ich will mein ganzes Leben ändern«, sagte er leise. »Ich will nicht mehr den Tod spielen müssen.«

Seine Worte klangen so traurig, dass auch ich ganz niedergeschlagen war. »Formulier es positiv«, sagte ich aufmunternd.

 **104** 

Er lachte. »Ich will selbstbestimmt sein.«

»Bist du das denn nicht?«

»Nein.«

»Von wem wirst du bestimmt?«

Er sah mich verwirrt an. »Weiß ich eigentlich gar nicht.«

»Siehst du. Vielleicht kannst auch du deinen Weg selbst bestimmen.«

Er schien nachzudenken. Dann veränderte sich der Ausdruck in seinen Augen und sie begannen zu leuchten. Er legte mir einen Arm um die Schultern und drückte mich an sich. Erfüllt von wohliger Wärme, schmiegte ich mich ebenfalls an ihn.

»Wie ist es denn eigentlich dazu gekommen, dass du diese Aufgabe erfüllen musst?«, fragte ich nach einer Weile.

Er schwieg einen Moment. »Ich weiß es nicht. Irgendwann war ich einfach da, inmitten irgendeiner Stadt, ganz allein. Aber ich wusste, was ich zu tun hatte, also habe ich einfach angefangen.«

»Aber du musst doch Eltern haben. Oder zumindest irgendwen, der dich dort hingeschickt hat.«

Er vergrub sein Gesicht in meiner Schulter. »Ich erinnere mich nicht«, seufzte er und richtete sich wieder auf. »Irgendwann habe ich andere getroffen, die so waren wie ich. Auch sie konnten mir nicht mehr über unsere Herkunft sagen, aber wir waren wenigstens nicht mehr allein auf der Welt, das war ein beruhigendes Gefühl. Manchmal habe ich mit dem ein oder anderen ein paar

Tage verbracht. Doch unsere Aufgaben trieben uns schon bald wieder in entgegengesetzte Richtungen. Wo der eine war, brauchte der andere nicht sein.«

»So ein Leben kann ich mir gar nicht vorstellen. Es ist vollkommen anders als alles, was ich kenne.«

»Aber ich habe heute eine Vorstellung von deinem Leben bekommen. Dafür danke ich dir.«

Wir saßen noch lange zusammen und redeten über dieses und jenes.

Der Wald um uns herum verwandelte sich allmählich in eine undurchdringliche schwarze Wand und die Kerze wurde immer kleiner.

»Ich glaube, ich muss ins Bett«, sagte ich irgendwann als ich zum wiederholten Male gähnte.

»Von mir aus können wir hier die ganze Nacht sitzen«, sagte er.

»Du bist also nicht müde? Wir waren doch so viel unterwegs heute.«

»Ich werde eigentlich nie müde.«

»Wirklich nicht?«

»Mein Körper ist niemals erschöpft, nein. Aber manchmal kann der Geist eine Pause gebrauchen, um die Gedanken zu entspannen. Deshalb schlafe ich ab und an. Außerdem ist es doch ein schönes Gefühl zu schlafen, findest du nicht?«

»Ja, schon. Aber mir gefällt es nicht, dass ich dabei so viel Zeit verliere. Da würde ich lieber ein Buch lesen oder mit Sina alle Staffeln Gilmore Girls ansehen.«

»Ich habe und hatte so viel Zeit zur Verfügung, im Vergleich zu dir. Wie es aussieht, ist sie für dich wertvoller als für mich. Aber Gilmore Girls würde ich trotzdem nicht gucken.«

»Ach? Woher kennst du die Serie denn? Hast du etwa einen Fernseher in der Unterwelt?«, fragte ich gespielt eingeschnappt.

»Nein, ich bin noch nie im Reich der Toten gewesen. Ich habe kein wirkliches Zuhause, wenn du das meinst. Aber ich bin ja meistens unsichtbar, da habe ich ab und an mal bei den Leuten mitgeguckt, wenn gerade etwas im Fernseher lief, als ich jemanden in den Tod holen wollte.«

Ich zog meine Augenbrauen zusammen. »Ganz schön seltsam.«

»Ach, komm schon, wenn ich gerade dort bin und im Fernsehen betritt Harry das erste Mal die Winkelgasse, da muss ich doch bleiben und rausfinden, wie es weitergeht.«

Ich musste lachen, er lachte auch.

Die Traurigkeit, die ihn vorhin übermannt hatte, war jetzt fast verschwunden, und sein Gesicht strahlte wieder diese beinahe kindliche Glückseligkeit aus, die mich so faszinierte.

Er beugte sich ein Stückchen näher zu mir.

»Weißt du«, sagte er. »Ich bin noch nie irgendwo Zuhause gewesen. Aber hier, in diesem Baumhaus, mit dir zusammen, kann ich mir vorstellen, wie das wohl ist.«

Er zögerte. »Lass uns morgen zu dieser Party gehen, von der Sina erzählt hat.«

»Och nö, fang du nicht auch noch damit an.«

»Ich würde das so gern erleben. Und ich will deine Freunde kennenlernen.«

»Du willst für alle sichtbar mitkommen?«

»Ja, unbedingt!«

Ich war mir nicht sicher, ob das eine gute Idee war. Aber ich konnte ihm diese Bitte auch nicht abschlagen. Wenn es allen so wichtig war, gingen wir eben zu dieser Party.

 Kapitel 7 

Als Sina mir am Samstagabend die Tür öffnete, strahlte sie über das ganze Gesicht. »Ich freue mich schon so sehr darauf, deinen Eli zu treffen.« Sie winkte mich herein. Natürlich war sie bereits komplett gestylt, geschminkt und frisiert. »Aber auf Milas Gesichtsausdruck, wenn wir wirklich dort auftauchen, freue ich mich fast noch mehr. Das wird großartig.«

Wir gingen den Flur hinunter, bis wir an Niklas' Zimmer vorbeikamen. Sie deutete auf die geschlossene Tür und ging dann weiter zu ihrem Zimmer, von dem aus sie mir einen verschwörerischen Blick zuwarf, ehe sie darin verschwand.

Ich klopfte an Niklas' Tür.

»Was ist?«, hörte ich seine genervte Stimme.

Ich steckte den Kopf hinein.

»Hi.«

»Ach, Emma, du bist das. Sorry.«

»Sina braucht noch 'nen Moment, um sich fertigzumachen, kann ich solange bei dir unterkommen?«

»Ja, komm rein.«

Ich setzte mich auf einen kleinen Sessel neben seinem Bett, er drehte sich mit dem Schreibtischstuhl zu mir um und legte sein Headset beiseite.

»Ihr Mädchen habt doch normalerweise Spaß daran, euch gemeinsam umzuziehen und gegenseitig zu frisieren.«

Ich zuckte die Schultern. »Du kennst mich, ich bin nicht das typische Mädchen. Frisieren ist nicht so ganz mein Ding und da dachte ich, ich häng' lieber bei dir rum.«

»Besser so.« Er grinste frech.

»Was treibst du gerade?« fragte ich.

»Eigentlich nichts. Ich habe das Gefühl, ich sitze einfach rum und die Zeit verschwindet.«

»Es ist Samstagabend. Du bist nicht unterwegs?«

»Nee, ich hab' Hausarrest.«

»Oh, ach so.«

»Jetzt tu nicht so, als hätte Sina dir nichts erzählt.« Er rollte mit den Augen.

Ich lächelte ertappt. »Ja, doch hat sie.«

»Na also.« Er knibbelte an der Armlehne seines Stuhls herum.

»Ich mache mir ein bisschen Sorgen um dich«, sagte ich vorsichtig.

Einen Moment lang war es still und ich dachte schon, er würde nichts mehr sagen. »Ich mir ehrlich gesagt auch«, sagte er dann.

Verwundert sah ich ihn an.

»Ich habe das Gefühl, ich weiß nicht so recht, wohin mit mir. Alles was ich mache, kommt mir dumm vor. Ich weiß nicht mal, ob ich die Leute, mit denen ich in letzter Zeit abhänge, wirklich mag. Als wir den Unfall hatten,

sind alle so schnell es ging abgehauen und haben mich allein da sitzen lassen. Jetzt verstehe ich gar nicht, wieso ich das überhaupt gemacht habe. Ich glaube, ich wollte mich nur ablenken.«

»Und hat's funktioniert?«

»Nicht wirklich.« Er lächelte mich traurig an. »Du dagegen machst immer alles richtig. Wie stellst du das an?«

Ich dachte an das Drama, das ich mit Jaden erlebt hatte und lachte auf. »Nee, mache ich nicht. Und außerdem bin ich mir eigentlich ständig unsicher, was ich tun soll – in allen möglichen Situationen.«

»Ich glaube, du weißt genau, was richtig für dich ist. Du lässt dich vielleicht nur durch andere davon ablenken. Was das angeht, sind wir uns wohl sogar ein bisschen ähnlich.«

Ich überlegte einen Moment. »Kann schon sein.« Ich nickte ihm zu. »Ganz schön weise für einen kleinen Bruder und überhaupt nicht dumm.«

Manchmal bezeichnete ich ihn gern als kleinen Bruder. Das kam daher, dass ich früher oft auf Niklas aufgepasst hatte, wenn Sina das hätte übernehmen sollen, aber irgendwas anderes zu erledigen hatte. Wie Zeitungen austragen oder ins Tattoo-Studio gehen. Und ich hatte meine Zeit immer gern hier verbracht.

»Allerdings«, prahlte Niklas und fuhr sich mit der Hand durch das blonde Haar, das mich so sehr an die alten Zeiten erinnerte, als Sina ihre Haare noch nicht regelmäßig gefärbt hatte.

»Machst du dir Sorgen wegen der Hochzeit?«

»Ja, schon.« Er nahm einen Tennisball vom Schreibtisch und ließ ihn von einer Hand in die andere fallen. »Es ist, als müsste ich mich bis dahin entscheiden, wie mein weiteres Leben verlaufen soll. Hier bleiben, bei meinem enttäuschten Vater und all dem Mist, den ich angestellt habe, oder da drüben mit meiner verrückten Mutter ein neues Leben anfangen.«

»Und was denkst du bisher darüber?«

Er warf den Tennisball in eine Ecke. »Eigentlich will ich nicht weg, aber ein Neuanfang wäre sicher auch nicht schlecht, keine Ahnung.«

»Dein Vater wird dir nach einer Weile alles verzeihen, da bin ich mir sicher. Mach dir deswegen mal keine Sorgen.« Ich stand auf und ging zur Tür.

»Emma«, sagte er und ich drehte mich noch einmal um.

»Du bist 'ne tolle Schwester.«

Ich schmunzelte. »Danke«, sagte ich, hob die Hand zum Abschied und ging hinaus.

Im Flur warf ich einen Blick auf mein Handy. Sina hatte mir eine Nachricht geschrieben. Sie wartete mit Anatoly und Luka vor dem Haus.

»Und?«, fragte sie, als ich draußen ankam. »Was habt ihr besprochen?« Sie hibbelte unruhig von einem Fuß auf den anderen.

»Ich denke, er kommt schon klar«, sagte ich.

»Gut.« Sie atmete einmal tief durch.

»Mehr kann ich dir aber nicht erzählen.«

»Jaja, schon gut. Gehen wir los«, sagte sie, obwohl sie es mit Sicherheit kaum ertragen konnte, nicht zu wissen, worüber ich mit Niklas gesprochen hatte. Unsere kleine Truppe setzte sich in Bewegung. Sina und Anatoly gingen Hand in Hand vorweg.

»Wo treffen wir denn diesen Eli?«, fragte Luka frech und schubste mich spielerisch mit seiner Schulter zur Seite.

»Hey!« Ich schubste lachend zurück. »Ungefähr auf halbem Weg zu Milas Haus, vor der Eisdiele.« Da Eli den Ort durch unseren Ausflug gestern bereits kennengelernt hatte, dachte ich, die Eisdiele wäre der perfekte Treffpunkt.

»Ich bin gespannt«, sagte Luka.

»Oh ja, ich auch«, antwortete ich und merkte, wie mulmig mir dabei zumute war, dass Eli und meine Freunde sich nun begegnen würden. Ich fragte mich, ob sie sich verstehen, und hoffte, dass sie einander mögen würden.

Wir überquerten eine Straße und liefen anschließend ein kleines Stück durch den Stadtpark. Es war wunderbar grün und ruhig. Die Steinchen auf dem Weg knirschten unter unseren Schuhen.

»Luka, weißt du eigentlich schon, was du nach der Schule machen willst?«

»Du meinst, was ich mit meinem Leben anfangen will?«

»Ja genau.«

»Darüber habe ich in letzter Zeit viel nachgedacht«, antwortete er.

»Ich auch. Wenn ich nicht gerade von irgendeinem Drama abgelenkt wurde.« Ich lachte verlegen.

Er lächelte mir zu. »Ich glaube, ich möchte einfach lernen, das Gute zu genießen. Ich blicke so oft in die Zukunft und auf all das, was ich noch erledigen muss. Ich habe mich in letzter Zeit echt angestrengt, gute Noten zu bekommen. Denn ich würde gern so was wie Neurowissenschaften oder Psychologie studieren.«

»Das klingt cool.«

»Ja. Aber ich habe gemerkt, ich denke viel zu oft an das, was ich nicht habe. Und auch an das, was ich nie haben werde.« Er sah zu Anatoly herüber, der Sina im Gehen gerade einen Arm um die Schultern gelegt hatte. »Aber es macht doch unglücklich, ständig dem hinterherzujagen, was man noch nicht hat. Manchmal vergesse ich, dass der Moment gerade auch schön ist. Und dass ich vieles habe, für das ich glücklich sein kann.«

»Wow, find' ich gut«, sagte ich erstaunt. »Es ist bestimmt nicht leicht, sich das immer wieder ins Gedächtnis zu rufen.«

»Das stimmt allerdings.«

»Aber ich werde das auch versuchen.«

»Das freut mich«, sagte Luka.

»Wir können direkt damit anfangen«, sagte ich.

»Du hast recht. Machen wir das.«

Ich atmete tief durch. Genoss die frische Luft und das Gefühl, das sich in meinem Körper ausbreitete, wenn sie in meine Lungen strömte. Dann ließ ich meinen Blick durch den Park schweifen. Betrachtete die grünen Wiesen

und die Bäume. Und beobachtete einen Hund, der einem Ball hinterherjagte. Ich bemerkte die Butterblumen, die auf der Wiese wuchsen und die Bienen, die sich dort zum Schlemmern niederließen.

Es war ein schöner Moment.

Als wir bei der Eisdiele ankamen, saß Eli im Schneidersitz auf einer Bank in der Nähe und aß gerade die letzten Reste aus einem riesigen Eisbecher. Er hätte kaum glücklicher aussehen können.

Er bemerkte uns sofort, stand auf und nahm Sina überschwänglich in den Arm. »Ich freue mich, euch kennenzulernen«, sagte er gut gelaunt, gab Anatoly und Luka die Hand und kam schließlich auf mich zu. Jetzt fühlte ich mich viel mehr unter Druck gesetzt, als bei unseren Treffen zu zweit, und meine Beine kribbelten nervös, als er in meine Nähe kam. Er nahm meine Hand und gab mir einen flüchtigen Kuss auf die Wange. Für einen Moment trafen sich unsere Blicke. Dann drehte er sich wieder zu den anderen.

»Schön, dass wir alle zusammen sind«, sagte Sina und grinste mich an. »Auf geht's!«

In dem großen, weißen Haus, das Mila ihr Zuhause nannte, war es so voll, dass wir zuerst gar nicht auffielen, als wir uns in das Chaos stürzten. Mila hatte offensichtlich die halbe Schule eingeladen. Wir nahmen uns alle nacheinander an den Händen, bewegten uns wie eine tanzende Schlange durch die Gästetrauben und quetschten uns zwischen

den Leuten hindurch, während Sina uns zielstrebig zur gegenüberliegenden Seite des Raumes führte. An dieser Stelle war es etwas leerer und hier befand sich auch ein zur Bar umfunktionierter Tisch, auf dem Alkohol, Soft-Drinks und drei Stapel frische Plastikbecher aufgereiht für alle bereitstanden. Die weiße Tischdecke war bereits mit allerhand Flüssigkeiten getränkt und vergessene Plastikbecher mit Getränkeresten standen überall herum. Anatoly kramte zwei Flaschen Wodka sowie eine Packung Orangensaft aus seinem Rucksack und stellte sie dazu. Sina warf ihm daraufhin einen kritischen Blick zu. Er hob abwehrend die Hände. »Was ist? Ich bin doch kein Schmarotzer, zu 'ner Hausparty bringe ich immer was zu Trinken mit.«

»Wir sind explizit zum Schmarotzen hier«, sagte Sina ernst und wir lachten.

Luka zauberte einige Klopfer aus seiner Tasche hervor und reichte jedem von uns einen davon. Die Musik dröhnte laut aus den Boxen.

Eli hob seinen Klopfer in die Höhe. »Auf unseren Abend«, sagte er. Der Bass pochte durch meinen Körper. Wir klopften mit den kleinen Fläschchen in unsere Handflächen und tranken.

Ich beugte mich zu Eli. »Hast du schon mal Alkohol getrunken?«

»Nee, warum?«, fragte er unbekümmert.

»Dann sei lieber erst mal vorsichtig.«

»Wieso das?«

»Weil du ja noch nicht weißt, wie du das verträgst.«

Sina drängte sich dazwischen und zerrte an unseren Armen. »Tuscheln könnt ihr auch später noch. Lasst uns Tanzen gehen.«

»Nüchtern tanze ich nicht«, betonte Anatoly.

»Ich habe da hinten einen Bierpong-Tisch gesehen«, sagte Luka.

»Na, das ist doch perfekt.«

Von da an verging die Zeit rasend schnell. Wir spielten mehrere Runden Bierpong und gewannen so gut wie jedes Mal, weil Eli und ich fast immer den Becher trafen, wenn wir an der Reihe waren. Wir lachten, sangen zur Musik und alles war fröhlich und leicht. Ich hatte nur wenig Alkohol getrunken, und außerdem waren wir Mila bisher glücklicherweise nicht begegnet. Vielleicht hielt sie sich in einem anderen Raum auf. Ich kümmerte mich auch nicht darum. Es fühlte sich so gut an mit Eli und meinen Freunden genau hier zu sein, dass ich mich später sogar auf der provisorischen Tanzfläche wiederfand und unkontrollierte, eher unrhythmische Bewegungen vollführte. Ich wusste nicht, wo die anderen waren, aber Eli war bei mir. Er tanzte mir gegenüber und sah genauso glücklich aus, wie ich mich fühlte. Wir hüpften und sprangen umher, nahmen uns an den Händen und drehten uns im Kreis. Er wurde langsamer, blieb stehen und ließ meine Hände los, aber ich wollte nicht aufhören mich zu bewegen und dieses schwerelose Gefühl, das mich durchströmte, unbedingt behalten. Ich drehte mich um mich selbst und hüpfte in Kreisen um ihn herum. Er lachte. Dann nahm ich wieder seine Hände, wollte ihn wieder mit mir ziehen, aber er blieb stehen. So einfach gab ich mich jedoch nicht geschlagen. Ich versuchte ihn einfach mitzureißen, doch er nutzte meinen Schwung, ließ mich ein paar Schritte um ihn herumstolpern und dann in seine Arme fallen. Er kam so nah, dass seine Nasenspitze die meine berührte und grinste frech. »Ich bin ein Todesbringer. Leg dich besser nicht mit mir an.«

»Davor habe ich keine Angst mehr«, sagte ich herausfordernd.

»Solltest du aber«, sagte er sanft und strich mir eine Haarsträhne aus dem Gesicht. »Ich bin total erschöpft, ich hol' uns mal ein Wasser.«

»Na gut.«

Er löste sich von mir und ich blickte ihm noch einen Moment verträumt hinterher, dann setzte ich mich am Rand auf einen Stuhl und atmete einmal tief durch. Ich entdeckte Luka, der etwas weiter hinten mit einem unserer Mitschüler tanzte, und freute mich darüber. Da musste ich an seine Worte von vorhin denken und versuchte mir all das Gute in Erinnerung zu rufen, das mir heute schon passiert war. Ein wenig abwesend zupfte ich mein Kleid wieder zurecht, da stand Mila plötzlich vor mir. Ich zuckte zusammen.

»Du schon wieder! Was machst du hier?« Ihr Gesicht war wutverzerrt und sie lallte. Sie hatte eindeutig zu viel getrunken. Ich brauchte einen Moment, um zu reagieren. »Was?«, schnauzte sie noch einmal.

»Du hast mich eingeladen«, sagte ich trocken.

»Ganz … sicher … nicht.« Sie spuckte mir jedes einzelne Wort entgegen.

»Okay, okay.« Ich hob abwehrend die Hände.

»Werd' jetzt bloß nicht frech!«

»Mach' ich doch gar nicht!«

Plötzlich trafen mich brennender Alkohol sowie einer der Plastikbecher im Gesicht. Ich schnappte nach Luft. Mila sah mich triumphierend an. Dann stand auch noch Jaden plötzlich neben mir. Heiße Tränen quollen mir aus den Augen, weil all diese Gefühle, die gerade aus mir herausplatzten, einfach nicht mehr aufzuhalten waren. Er legte beschützend den Arm um mich. Ich war nicht mehr in der Lage irgendwas zu tun. »Was soll denn das, Mila?«, fragte er.

Mir strömten weiter die Tränen aus den Augen. Dann konnte ich verschwommen irgendwo Eli erkennen. Und Mila heulte plötzlich laut auf. »Dass du dich wieder auf ihre Seite stellst! Das war ja klar!«, schluchzte sie und stolperte davon. Eli zog Jaden von mir weg.

»Bleib fern von ihr«, sagte er bestimmt. »Und lauf lieber deiner Freundin hinterher.«

Jaden schubste Eli zur Seite. »DU hast hier gar nichts zu sagen. Wer bist du überhaupt?«

Eli baute sich zwischen Jaden und mir auf. »Ich gehöre zu Emma.«

Da tauchte plötzlich auch Anatoly auf und packte Jaden am Kragen. »Außerdem gehört er zu mir. Also fass ihn gefälligst nicht noch mal an«, knurrte er.

Das war Jaden nun eindeutig zu viel und er schlug

Anatoly mit voller Wucht ins Gesicht. Von dem Schlag überrumpelt, stolperte dieser zurück und Luka fing ihn auf, damit er nicht stürzte. Eli stürmte auf Jaden los, warf ihn zu Boden und drückte ihm sein Knie auf die Brust. Jaden rang nach Luft.

»Wir gehen jetzt«, sagte Eli. »Und du bleibst da liegen.« Dann stand er auf, nahm mich in die Arme und führte mich nach draußen. Die anderen Partygäste starrten uns an. Ich klammerte mich an Eli und ließ mich von ihm führen. Die Tränen liefen einfach weiter meine Wangen hinunter. Kalte Nachtluft schlug uns entgegen und wir blieben stehen. Er drehte sich zu mir um und ich vergrub den Kopf an seiner Brust. Er strich mir über den Hinter-kopf. Langsam beruhigte ich mich wieder.

»Ich kann diesen Typ nicht leiden«, sagte Eli.

Ich lachte kurz verlegen und mit tränenerstickter Stim-me. Dann löste ich mich von ihm, wischte mir mit dem Handrücken über die Augen und blickte zum Haus. Luka, Anatoly und Sina kamen ebenfalls gerade nach draußen.

»Ich kann ihn auch nicht ausstehen«, sagte Ana, wäh-rend er sich mit der Hand vorsichtig über das Gesicht rieb.

»Danke, dass du uns geholfen hast«, sagte Eli. Sie nickten einander zu. Sina wirkte ausnahmsweise ein wenig sprachlos und schenkte mir einen aufmunternden Blick. »Das war ja was«, sagte sie.

»Allerdings.«

»Okay, ich bring dich jetzt nach Hause, Emma«, sagte Eli. Ich nickte.

»Wir gehen auch nach Hause«, entschied Luka.

Wir verabschiedeten uns voneinander, Sina drückte mich noch einmal fest, dann trennten sich unsere Wege.

Eli nahm meine Hand und wir liefen gemeinsam durch die Nacht. Er sagte kein Wort und auch mir stand nicht der Sinn danach, eine Unterhaltung zu beginnen. Ich war aufgewühlt und verärgert. Und ich bereute es, nicht auf mein Bauchgefühl gehört zu haben und auf das Drängen der anderen hin, doch zu der Party gegangen zu sein.

Als wir bei mir zu Hause angekommen waren, umarmte Eli mich einmal fest. Er strich mir sanft mit der Hand über das Gesicht, als würde er die getrockneten Tränen wegwischen. »Ärgere dich nicht zu sehr, du hast nichts falsch gemacht.« Er gab mir einen Kuss auf die Stirn. »Schlaf gut.«

»Danke«, sagte ich. »Du auch.«

Am Sonntag schlief ich bis in den Mittag hinein. Ich wachte zwar immer wieder auf, blieb aber jedes Mal im Bett liegen und schlief wieder ein, weil ich mich lieber in meine Träume flüchtete, als mich mit meinem peinlichen Verhalten bei einer katastrophalen Partynacht auseinandersetzen zu müssen. Schon wieder. Ich ärgerte mich so sehr darüber, dass ich einfach dagesessen und geheult hatte, statt endlich mal für mich einzustehen. Außerdem hatte ich ein schlechtes Gewissen Mila gegenüber. Sie hatte zwar alle Mitschüler gegen mich aufgebracht und ihre Wut auf Jaden an mir ausgelassen, aber im Nachhinein empfand ich es als unfair, dass wir sie bei ihrer eigenen Party so provoziert hatten. Wir hatten uns an Mila und Jaden rächen wollen. Damit verhielten wir uns auch nicht besser als sie.

Gegen dreizehn Uhr hatte mein Vater die Nase voll von meinem Verhalten, zog mir die Decke weg und überredete mich, mit ihm Mittag essen zu gehen.

Also sprang ich unter die Dusche, zog mir was Gemütliches an und spazierte mit ihm zu unserem Lieblingsitaliener. Dort teilten wir uns eine riesige Pizza und er erzählte mir ein paar Neuigkeiten von meiner Mutter, die sie ihm am Abend zuvor am Telefon mitgeteilt hatte. Sie war momentan in Asien unterwegs und ihr Team konnte wegen starker Regenfälle gerade nicht weiterdrehen. Ihre Rückkehr würde sich also noch ein wenig verzögern. Aber das waren wir gewohnt. Während ihrer Reisen lief nie alles nach Plan.

Er nahm einen Schluck von seinem Wein und sah mich nachdenklich an. »Bist du mit der Frage, was du nach der Schule machen willst, vorangekommen?«

»Ein wenig schon, aber noch nicht so konkret«, antwortete ich, als ich gerade das letzte Stück Pizza verdrückte.

»Ich habe die letzten Tage darüber nachgedacht. Und ich glaube, auf die Frage, was sie wirklich vom Leben wollen, finden die meisten Menschen ihr ganzes Leben lang keine Antwort. Deshalb denke ich nicht, dass du jetzt sofort eine endgültige Lösung finden musst. Aber es ist auf jeden Fall gut, wenn du dir darüber ehrlich

Gedanken machst. Denn eigentlich fragst du damit ja nach dem Sinn deines Lebens.«

Verwundert sah ich ihn an und trank einen Schluck Wasser. »Irgendwie schon, ja.«

»Siehst du. Und ich glaube nicht, dass es darauf nur eine Antwort gibt, sondern dass sie sich im Laufe deines Lebens sowieso immer wieder verändern wird. Deshalb solltest du dich vielleicht einfach daran orientieren, was dich momentan glücklich macht, und erst mal in diese Richtung gehen. Vielleicht bleibst du dabei, vielleicht änderst du die Richtung aber auch wieder. Das wäre beides in Ordnung.«

Ich dachte über seine Worte nach. »Ich denke, das macht die Entscheidung nicht so endgültig und dadurch nicht so schwierig.«

»Genau.«

»Eigentlich würde ich gern irgendwas machen, bei dem ich anderen Menschen helfen kann.«

»Das klingt doch gut. Wir können mal schauen, was es diesbezüglich für Möglichkeiten gibt«, sagte er, nahm seine Serviette vom Schoß und tupfte sich über den Mund.

»Ja, gern.«

»Okay, dann machen wir das.«

»Danke, Papa«, sagte ich und war froh darüber, dass er bei mir war.

»Natürlich.« Er stand auf und nahm sein Portemonnaie aus der Hosentasche. »Am wichtigsten ist es, dass du überhaupt etwas tust. Ich habe im Leben schon viele Pläne für die Zukunft geschmiedet. Meistens kam es dann

doch anders als gedacht. Manche Türen muss man erst mal öffnen, um den Weg dahinter erkennen zu können.«

Als wir mit vollen Bäuchen und zufriedenen Gesichtern das Restaurant verließen, nahm ich meinen Vater in den Arm.

»Danke für das Essen«, sagte ich.

»War mir ein Vergnügen.«

»Ich würde gern noch einen Freund besuchen und komme dann später nach Hause.«

Er hob eine Augenbraue. »Einen Freund?«

Da musste ich lachen. »Jaja, – einen – Freund.«

»Na gut. Von dem musst du mir dann beim nächsten Essen erzählen.« Er drehte sich um und spazierte davon. »Bis später!«

»Ja, bis dann«, sagte ich und machte mich auf den Weg zu meinem Baumhaus.

Als ich dort ankam, entdeckte ich Eli, wie er in der Nähe auf einer kleinen Wiese in der Sonne lag. Er hatte die Arme hinter dem Kopf verschränkt und die Augen geschlossen. Ich kam ein Stück näher und wunderte mich darüber, dass er mich noch nicht bemerkt hatte. Sonst schien er es doch immer sofort mitzubekommen, wenn jemand in der Nähe war. Als ich vor ihm stand, richtete er sich auf.

»Hi«, sagte ich.

»Hallo.« Ein wenig verwirrt rieb er sich die Augen. »Ich bin wohl eingeschlafen.«

»Ich dachte, du brauchst keinen Schlaf.«

Er lächelte mir zu. »Aber so ein Nickerchen in der Sonne ist doch eine schöne Sache, oder nicht?« Er stand auf. Seine Beine wirkten ein wenig zittrig. Und jetzt bemerkte ich erst, wie blass er aussah.

»Was ist denn mit dir?«, fragte ich. »Geht es dir nicht gut?«

»Ich habe mich noch nie in meinem Leben so gefühlt, das ist echt interessant.«

Ich sah ihn verwundert an. Er rieb sich angestrengt die Stirn. »Ich setze mich doch lieber noch einen Moment hin.«

Er ließ sich wieder ins Gras fallen und ich setzte mich dazu.

»Ist dir schwindelig?«, fragte ich.

»Ein wenig. Aber mach dir mal keine Sorgen.« Er legte einen Arm um mich und gab mir einen Kuss auf die Stirn. »Der Abend mit dir gestern hat mir sehr viel Spaß gemacht. Den doofen Streit am Ende blenden wir einfach aus, würde ich sagen.«

Aber ich ging nicht auf seinen Themenwechsel ein. »Ich verstehe das nicht«, sagte ich. »Du kannst doch gar nicht krank werden, oder?«

Er seufzte und warf mir einen widerwilligen Blick zu. Offensichtlich wollte er nicht darüber reden. »Ich vermute auch eher, dass das eine Art Strafe ist.«

»Eine Strafe für was?«

»Dafür, dass ich meiner Bestimmung als Seelenfänger nicht nachgehe.«

»Was meinst du damit?«

»Weil ich hier bin und meine Aufgabe nicht erfülle.«

Ich schlüpfte unter seinem Arm hinweg und setzte mich ihm gegenüber.

»Jetzt erklär mir das doch bitte mal anständig«, forderte ich.

»Ja, okay.« Er atmete einmal tief durch. »Ich habe dir doch erzählt, dass wir Seelenfänger spüren, wohin wir als nächstes gehen müssen. Es ist ein Gefühl in meinem Bauch, das mir sagt, in welche Richtung ich gehen muss. Dieses Gefühl zerrt ununterbrochen an mir. Und je mehr Tage vergehen, in denen ich ihm nicht nachgebe, desto stärker wird es und desto mehr laugt es mich aus. So habe ich es zumindest bisher beobachtet. Deshalb war ich gestern beim Tanzen leider auch so schnell erschöpft, hatte nicht so viel Ausdauer und habe dich blöderweise allein gelassen.«

Ich brauchte einen Moment, um das zu verarbeiten. »Ich komme schon zurecht, du musst mich nicht beschützen«, sagte ich. »Aber wechsle nicht das Thema«, fügte ich schnell hinzu, als er noch etwas sagen wollte. »Du müsstest also weiter deiner Aufgabe als Seelenfänger nachgehen, damit es dir wieder besser geht?«

Er nickte. »Ja.«

»Na, dann musst du das machen«, sagte ich, obwohl mir bei dem Gedanken daran, dass er weggehen würde, ganz übel wurde.

Er nahm meine Hand und streichelte mit dem Daumen darüber. »Ich will aber nicht weg.«

Ich entzog ihm meine Hand wieder. »Das musst du aber.«

Er sah mich ernst an. »Lieber verbringe ich noch ein paar schöne Tage hier mit dir, mit der Freiheit zu tun, was ich möchte, als ein unendlich langes Leben allein.«

Ich erschrak. »Heißt das, du könntest sterben, wenn du hierbleibst?«

Er zuckte mit den Schultern. »Keine Ahnung, ich habe noch nie ausprobiert, was passiert, wenn ich meine Aufgabe dauerhaft verweigere.«

»Das kann ich nicht zulassen«, sagte ich aufgebracht.

»Es ist aber meine Entscheidung, nicht deine.«

Ich war verzweifelt. »Du könntest doch deine Aufgabe erledigen und immer mal wieder für ein paar Tage hier im Baumhaus Urlaub machen, so wie jetzt.«

»Das reicht mir nicht.«

»Und wieso nicht?« Ich wurde wütend.

»Ich will ein vollständig selbstbestimmtes Leben, oder keins, so einfach ist das. Ich habe lange genug so gelebt, wie es mir vorgeschrieben wurde.«

Tränen sammelten sich in meinen Augen. »Das kannst du nicht machen.«

Er sah mich traurig an, aber sein Blick war voller Entschlossenheit. »Doch, das muss ich sogar. Für mich.«

Ich stand auf und wollte gehen. Er hielt mich am Handgelenk fest.

»Emma, geh jetzt nicht weg.«

Aber ich riss mich los. »Ich werde dir nicht beim Sterben zusehen«, sagte ich wütend und stürmte davon.

Zu Hause schloss ich mich sofort in mein Zimmer ein und verkroch mich unter meiner Bettdecke. Ich konnte nicht einmal richtig weinen. Ich fühlte mich wie aus dem Leben gerissen und wusste absolut nicht, was ich tun sollte. Ich konnte auch mit niemandem darüber reden, weil niemand diese Situation verstehen würde. Natürlich wollte ich Eli nicht allein dort sitzen lassen, wenn es ihm schlecht ging. Bestimmt hatte er ebenfalls Angst. Aber schließlich hatte er die Wahl. Und er zwang mich dazu, mich mit seiner Entscheidung abzufinden. Er war in dem Wissen, dass er nicht bei mir bleiben konnte, in mein Leben getreten und hatte dabei nur an seine Gefühle gedacht. Erwartete er, dass ich tatenlos dabei zusah, wie er sein Leben riskierte? Wie konnte er das von mir verlangen?

Die Stunden verstrichen und meine Gedanken drehten sich immer weiter im Kreis, bis ich irgendwann einschlief.

Am nächsten Morgen brachte mein Vater mich zur Schule, weil er zu einer mehrtägigen Lesereise aufbrechen musste und daher sowieso mit dem Auto unterwegs war. Ich starrte missmutig aus dem Fenster und bemerkte aus den Augenwinkeln, wie er mir immer wieder besorgte Blicke zuwarf. Er hatte heute Morgen natürlich schon auf den ersten Blick gesehen, dass mit mir etwas nicht stimmte.

»Muss ich mit diesem – Freund – mal ein ernstes Wörtchen reden?«, fragte er mich schließlich, als er in der Nähe der Schule parkte.

Ich lachte verlegen. »Nein, nein, er hat nichts Falsches gemacht«, sagte ich, weil das ja die Wahrheit war. Er tat, was er für das Richtige hielt.

»Mir gefällt es gar nicht, jetzt wegzufahren, wenn es dir schlecht geht.«

»Ach, das war doch nur ein kleiner Streit«, sagte ich beschwichtigend. »Morgen geht es mir wieder gut.«

»Sicher?«

Ich nickte.

»Okay.« Er umarmte mich kurz. »Dann sehen wir uns in vier oder fünf Tagen wieder.«

»Am Wochenende bin ich mit Sina auf der Hochzeit.«

»Ach ja, stimmt. Dann danach.« Er lächelte mir zu. »Viel Spaß und pass auf dich auf.«

»Du auch!« Ich stieg aus. »Und fahr vorsichtig.« Dann schlug ich die Autotür zu und ging Richtung Schule.

Sina wartete bereits vor dem Tor auf mich. Sie winkte mir zu und wir umarmten uns zur Begrüßung. Ihr Haar war nun nicht mehr türkis gefärbt und hatte seine natürliches Blond zurück. Sie hatte es außerdem zu vielen kleinen Zöpfen geflochten.

»Du siehst gut aus«, sagte ich zu ihr. »Steht heute was Besonderes an?«

»Nach der Schule muss ich arbeiten und dann gehen wir mit Anas Eltern in ein Restaurant.«

»Ein offizielles Kennenlernen. Es wird also ernst.«

»Sieht so aus.« Sie rollte mit den Augen. »Über die Arbeit freue ich mich mehr. Ich spare für ein neues Tattoo.«

»Cool«, sagte ich abwesend und warf einen Blick auf

mein Handy, als würde ich dort auf eine Nachricht von Eli hoffen. Ich wunderte mich über diese unbewusste Handlung. Schließlich besaß er ja gar kein Handy.

Sina trat unruhig von einem Fuß auf den anderen. »Ich hätte dich nicht überreden sollen, zu Milas Party zu gehen, tut mir leid«, sagte sie dann.

»Ach«, meinte ich. Das Drama dort hatte ich schon fast wieder vergessen. »Nicht schlimm, es war ja meine Entscheidung mitzukommen. Wie geht es Anatolys Auge?«

Sina lachte. »Es ist ganz schön blau geworden. Aber halb so wild. Irgendwie steht ihm das sogar.«

Zum Lachen war mir nicht zumute, aber ich versuchte ein nicht ganz so griesgrämiges Gesicht aufzusetzen.

Sina seufzte und lehnte sich an die kleine Mauer, die die Schule umgab. »Am Samstag ist die Hochzeit. Mir graut es schon die ganze Zeit davor.«

»Kann ich verstehen.«

»Ana hat angeboten ebenfalls mitzukommen, hättest du was dagegen?«

»Nee, gar nicht«, sagte ich und widerstand dem Impuls, schon wieder vollkommen unnötig auf mein Handydisplay zu schauen.

»Emma, was ist denn mit dir?«, fragte Sina. »Da ist doch mehr im Busch als die Kacke von der Party am Samstag.«

Ich zuckte mit den Schultern. »Ich bin ein bisschen wütend auf Eli.«

»Oh, und wieso?«

»Kann ich schlecht erklären.«

Die Schulglocke läutete und mir wurde klar, dass ich es nicht aushalten würde, den ganzen Tag in der Schule zu verbringen, während ich wusste, dass es Eli schlecht ging und er allein im Wald war. Ich hätte mich sowieso nicht auf den Unterricht konzentrieren können.

»Ich glaube, ich fahre jetzt noch mal zu ihm«, sagte ich also.

»Ja, mach das.« Sina sah mich nachdenklich an. »Ich erzähle den Lehrern, du hättest dich vor der Schule übergeben und wärst nach Hause gegangen.«

»Danke.« Ich umarmte sie fest.

»Na, klar.«

»Ich melde mich, wenn's was Neues gibt« sagte ich noch, dann ging ich mit schnellen Schritten davon.

Kapitel 8

Eli saß im Gras und lehnte regungslos mit dem Rücken am Stamm des Baumhausbaumes. Sein Kopf war ein wenig auf die Seite gesunken und er hatte die Augen geschlossen. Voller Angst lief ich zu ihm und berührte ihn an der Schulter.

Er schlug die Augen auf und lächelte mir zu.

»Hi, Emma.« Er gähnte herzhaft. »Schwänzt du etwa die Schule wegen mir?«

Ich rollte mit den Augen. »Was machst du hier unten?«

»Das ist ein bisschen peinlich. Es war mir zu anstrengend, die Leiter hochzuklettern. Und ich hatte auch ein bisschen Sorge, dass ich es nicht wieder nach unten schaffen würde, wenn ich einmal oben bin.«

Er rieb sich verlegen den Hinterkopf und grinste.

»Also hat du die ganze Nacht hier unten auf dem Boden gesessen?«, fragte ich erschrocken.

»Gewissermaßen.«

»So geht das nicht. Du bist ganz kalt.« Ich nahm seine Hand, die sich in meiner wie ein Eisblock anfühlte. »Du kommst jetzt mit zu mir nach Hause.«

Ich stand auf. »Na, los.«

»Da kann ich ja fast nicht Nein sagen.«

Er stützte sich am Baumstamm ab und stand ebenfalls auf, lehnte sich aber noch immer mit dem Rücken gegen den Stamm. Plötzlich zog er mich an sich und legte die Arme um meine Hüften, küsste meinen Hals, meine Wange und meine Stirn. Dann sah er mich an und küsste meine Lippen. So viel Gefühl breitete sich in mir aus. Alles in mir schien in Bewegung. Ich umfasste sein wunderschönes Gesicht und küsste ihn ebenfalls.

Ich schmiegte mich an ihn, legte den Kopf auf seine Brust und lauschte seinem Herzschlag. Wir schlossen die Augen und vergaßen für einen Moment den Wald und alles um uns herum.

Doch irgendwann dachte ich daran, dass dieses Glück vielleicht nicht anhalten würde, weil er sich entschieden hatte, sein Leben aufs Spiel zu setzen. Ich merkte, wie die Tränen in meinen Augen brannten, blinzelte sie weg und ging einen Schritt zurück.

»Du bist egoistisch«, sagte ich prompt.

Er sah betreten zu Boden. »Ich weiß.«

»Aber ich kann verstehen, wie wichtig dir diese Sache ist. Wir wissen nicht, was passieren wird, oder? Vielleicht geht es dir auch bald besser?«

»Vielleicht.«

»Okay, gehen wir erst mal zu mir nach Hause.« Ich legte meinen Arm um ihn, damit ich ihn beim Gehen ein wenig stützen konnte. Es schien ihm unangenehm zu sein, diese Hilfe anzunehmen, aber er beschwerte sich nicht.

»Ich bin gespannt, wie es in deinem Zimmer aussieht«, sagte er stattdessen, als wir ein wenig unbeholfen losliefen.

»Ach, das ist nichts Besonderes.«

»Und du denkst, deine Eltern haben nichts dagegen, wenn ich bei dir bleibe?«

»Die sind beide grade nicht da.« Ich warf ihm einen bösen Blick zu. »Sonst wäre es auch etwas schwierig zu erklären, wieso du nicht einfach zu einem Arzt gehst. Oder wieso du nicht weiter deine Aufgabe als Seelenfänger erledigst, damit es dir wieder besser geht.«

»Ja, du hast recht. Das wäre schwierig zu erklären.«

Zu Hause ließen wir uns auf das Sofa plumpsen. Der Weg vom Wald bis hierher war für uns beide anstrengend gewesen. Ich sah ihn an und beobachtete, wie er den Blick durch die Wohnung schweifen ließ.

»Ich mag es, wie ihr hier inmitten von Büchern und Fotos lebt.« Er legte mir einen Arm und die Schultern und ich lehnte mich an ihn.

»Ja, ich auch«, sagte ich und betrachtete die Fotografien von den unterschiedlichsten Tieren aus den verschiedensten Ländern, die meine Mutter angefertigt und aufgehängt hatte.

»Wir haben also einen ganzen Tag für uns. Was sollen wir machen?«, fragte er gut gelaunt.

»Ich finde, das solltest du entscheiden.«

»Weil das einer meiner letzten Tage sein könnte. Meinst du das?«

Ich zuckte zusammen. »Ja, ich glaube schon.«

»Emma, sei bitte nicht so dramatisch. Ich werde das schon überstehen, du wirst sehen. Jetzt will ich einen schönen Tag mit dir verbringen.«

»Hm«, machte ich und wollte aufstehen, aber er hielt mich fest und zog mich zurück in seine Arme.

»Hey«, rief ich aus, versuchte mir das Lachen zu verkneifen und knuffte ihm in die Seite. Doch er legte mir eine Hand in den Nacken und küsste mich. Ich schmiegte mich an ihn, während ich den Kuss erwiderte, bis wir irgendwann gemeinsam auf dem Sofa lagen.

Ich sah ihn an. »Das könnten wir doch den ganzen Tag machen.«

»Stimmt.«

»Oder ich mache uns Popcorn und wir schauen einen Film an.«

»Ein Film schließt den ein oder anderen Kuss zwischendurch ja nicht aus.«

»Okay«, sagte ich, stand auf und reichte ihm die Fernbedienung, ehe ich in die Küche ging. »Such du etwas aus.«

Nachdem wir sogar drei Filme angesehen, etwas zu Essen bestellt und viel Kuschelzeit auf dem Sofa verbracht hatten, war langsam, aber sicher der Abend hereingebrochen. Ich schaltete den Fernseher aus und es schien nur noch ein kleiner Rest des Tageslichts schwach durch die Fenster ins Wohnzimmer.

»Ich bin ganz schön müde.« Eli gähnte. »Und ich habe immer noch nicht dein Zimmer gesehen.«

»Ja, dann gehen wir besser ins Bett.«

»Ich würde nur gern vorher duschen gehen. Dann hätte ich eine weitere Sache ausprobiert, die ich noch nie

gemacht habe. Und schaden kann es, glaube ich, auch nicht.« Er zupfte an seinem T-Shirt herum.

»Du musstest vorher nie duschen gehen?«

»Nein, war nicht nötig. Ich konnte mich im Schlamm wälzen und bin nicht mal wirklich dreckig geworden. Aber jetzt, nach der letzten Nacht draußen auf dem Boden, fühle ich mich nicht mehr ganz so frisch. Anscheinend lassen meine Kräfte wirklich nach.«

»Okay, dann komm mit.« Ich führte ihn in mein Zimmer, denn ich hatte das Glück, dass ich ein ganzes Bad für mich allein hatte, das direkt von meinem Zimmer aus erreichbar war.

Ich ging zum Schrank und nahm ein Handtuch heraus, während Eli betont lässig im Türrahmen angelehnt stehen blieb. Er versuchte es zu verbergen, doch ich bemerkte wieder, wie viel Anstrengung ihn die kleinsten Bewegungen kosteten. Er sah sich in meinem Zimmer um. Die Wände waren in einem hellen Fliederton gestrichen. In einer Ecke hatte auch ich ein vollgestopftes Bücherregal stehen, mit meinem Lesesessel daneben. Die Wand, an der mein Schreibtisch stand, hatte ich fast vollständig mit Lichterketten dekoriert, und über meinem Doppelbett hing ein auf Leinwand gedrucktes Foto von einem blauen Vogel, das meine Mutter geschossen hatte.

»Gefällt mir«, sagte Eli, nahm das Handtuch entgegen, das ich ihm reichte und gab mir einen flüchtigen Kuss. Dann verschwand er im Bad.

Ich schloss die Zimmertür und überlegte, was ich jetzt tun sollte. Es hatte noch nie ein Junge bei mir übernachtet.

Normalerweise war jetzt am Abend der Moment, wenn ich mir ein altes, ausgeleiertes T-Shirt überzog und im Bett noch ein wenig in einem Buch las. Ich warf einen Blick in meinen Schrank, während ich umständlich meine Beine aus den Jeans kämpfte. Ich hatte ein paar schöne Pyjamas, die im Sommer aber viel zu warm waren. Sonst war da nicht viel. Dann entdeckte ich ein Nachthemd, das ich ewig nicht mehr getragen hatte, und zog es an. Es war sogar ganz hübsch. Ich räumte die anderen Klamotten weg und setzte mich unruhig auf mein Bett. Und jetzt? Ich wippte mit den Füßen. Dann wurde mir klar, dass es keinen Grund gab, sich großartig anders zu verhalten als sonst. Also nahm ich mein Buch und kuschelte mich unter die Bettdecke.

Nach einer Weile hörte ich, wie das Wasser im Bad abgestellt wurde. »Wow, das ist ja echt ein belebendes Gefühl«, sagte Eli, als er, nur mit Boxer-Shorts bekleidet, aus dem Bad kam. »Ich verstehe, wieso die Menschen so gerne duschen.« Er strubbelte sich mit einem Handtuch durch die feuchten Haare und ich versuchte, nicht die ganze Zeit auf seinen nackten Oberkörper zu starren. Er legte das Handtuch über den Schreibtischstuhl und kam zu mir ins Bett, als ich ein Stück zur Seite rückte und ihm unter meiner Bettdecke Platz machte. Ich konnte nicht widerstehen, legte eine Hand auf seine Brust und streichelte über seine vom Duschen noch ein wenig erwärmte Haut.

»Hmmmm«, machte er und schloss die Augen. Ich rückte noch näher an ihn heran und kuschelte mich in seine Arme. Es war ganz still und ich lauschte seinem Atem, der mit der Zeit immer leiser wurde. Ich wagte es nicht, die Augen zu schließen und möglicherweise ebenfalls einzuschlafen, denn ich hatte das Gefühl, dass ich die Nacht über auf ihn Acht geben und aufpassen musste, falls es ihm schlechter ging. Um mich ein wenig wach zu halten, streichelte ich sanft mit den Fingerspitzen über seine weiche Haut und zeichnete kleine Kreise von der Kuhle in seinem Hals, bis zu der Stelle, an der ich sein Herz vermutete.

Die Zeit verstrich, meine Augenlider wurden immer schwerer, meine Hand lag schon seit einer Weile nur noch reglos auf seiner Schulter und ich merkte, wie auch ich unaufhaltsam dem Schlaf entgegendriftete. Meine Gedanken wurden konfuser und die Welt um mich herum verlor langsam an Bedeutung, da ertönte plötzlich ein lauter Knall und wir schreckten gleichzeitig hoch.

Eli und ich saßen im Bett und sahen uns um. Das Fenster war aufgeflogen und bewegte sich nun unruhig in den Angeln. Dabei war ich mir sicher, es geschlossen zu haben. Verwirrt rieb ich mir die Augen.

»Stopp! Du darfst sie nicht töten!«, rief Eli plötzlich und ich zuckte zusammen.

Er legte beide Arme um mich und ein Gefühl von Panik breitete sich in mir aus. Ich wollte mich von ihm befreien, da sah ich auf einmal dieses Mädchen.

Sie stand direkt vor meinem Bett und starrte mich durchdringend an. Ihre feuerroten Haare umrahmten wild ihren Kopf und ihre Augen funkelten mir entgegen.

Ich konnte mich vor lauter Angst nicht bewegen.

»Was ist hier los? Was hat sie mit dir gemacht?«, fragte das Mädchen und streckte eine Hand nach mir aus, doch Eli packte mich noch fester und zog mich ein Stück von ihr weg.

»Lass das gefälligst«, befahl er eindringlich und sie zog sich ein wenig zurück, redete aber umso energischer weiter:

»Was machst du hier? Du siehst schrecklich aus. Wie eine wandelnde Leiche. Du riechst sogar nach Tod.« Sie blickte zwischen uns hin und her. »Was hat das zu bedeuten?«

Als wir nicht sofort reagierten, streckte sie schon wieder die Hand nach mir aus. »Ich glaube, ich muss dich erst mal von diesem grauenvollen Menschen befreien, Eli, halt still.«

»Ich habe gesagt, du sollst das lassen! Wir holen keine jungen Menschen in den Tod. Schon gar nicht, wenn sie nicht zu den Unsterblichen gehören«, sagte er.

Sie warf wütend die Arme in die Luft. »Aber offensichtlich hat sie irgendetwas Teuflisches mit dir angestellt. Du bist vollkommen geschwächt und eindeutig nicht mehr ganz bei Trost. Ich muss dir helfen sie loszuwerden.«

»Nein, Fia. Ich liebe sie, bitte, lass doch endlich dieses Theater sein.«

Sie starrte mich an. »Was?!«, stieß sie hervor. »Bist du verrückt? Das wird dich das Leben kosten. Guck dich doch mal an.«

Eli lockerte seine schützende Umarmung ein wenig, aber bewegen konnte ich mich sowieso nicht. »Ich schaffe das schon.«

»Nein, ganz sicher nicht.« Sie lachte kalt. »Hast du dich in letzter Zeit mal angesehen?«

»Das ist meine Sache«, sagte Eli erschöpft, ließ mich los und rieb sich angestrengt über das Gesicht. »Was machst du überhaupt hier?«

Fia verschränkte die Arme vor der Brust. »Ich habe auch drei Dörfer weiter gespürt, dass hier etwas nicht stimmt. Du verstößt gegen die Regeln, Eli. Wie lange treibst du dich schon in dieser Gegend rum?«

»Scheiß auf die Regeln«, sagte er wütend. »Ich werde wenigstens einmal im Leben tun, was ich möchte. Emma, redet auch andauernd auf mich ein, dass ich gehen soll, aber ich werde bleiben.«

Sie sah mich an, als hätte sie kurz vergessen, dass ich da war und sich plötzlich wieder daran erinnert. »Schlimm genug, dass sie weiß, was wir sind. Allein dafür hättest du sie töten müssen.«

»Was soll denn schon Schlimmes passieren, wenn sie es weiß?«

Fia schnaubte und schüttelte fassungslos den Kopf. Dann ging sie ein paar Schritte rückwärts in Richtung Fenster. »Ich verschwinde lieber, bevor ich in diese …«, sie wedelte mit den Fingern in der Luft herum und deutete in meine Richtung, »Eli-liebt-ein-Mädchen-Sache involviert werde.« Sie hockte bereits auf dem Fenstersims, drehte sich aber noch einmal zu uns um.

»Ihr könnt mir ja erzählen, wie das Ganze ausgegangen ist. Ach nein, könnt ihr nicht, ihr werdet dann vermutlich tot sein. Na ja, bis dann! Vielleicht sieht man sich im Jenseits wieder.« Dann sprang sie aus dem Fenster und war verschwunden.

Für einen Moment lang war es still. Ich merkte erst jetzt, dass ich zitterte. Eli seufzte.

»Tut mir leid, ähm, das war eine Kollegin von mir.«

Ich stand auf, lief mit eiligen Schritten zum Fenster, knallte es zu, versicherte mich zweimal, dass es auch wirklich verschlossen war, und setzte mich wieder ins Bett.

Eli sah mich besorgt an.

»Sie ist ganz schon aufbrausend«, sagte ich und strich mir einige Haare hinters Ohr.

Eli lachte. »Ja, das stimmt.« Er nahm meine Hand. »Tut mir leid, dass sie hier so reingeplatzt ist.«

»… und mich umbringen wollte.«

Er zog die Augenbrauen zusammen. »Ja, das auch.«

»Sie hat gesagt, dass du das hier ganz sicher nicht überleben wirst.«

Plötzlich schien ihn dieses letzte bisschen Kraft, das ihn bisher aufrecht gehalten hatte, zu verlassen, und er ließ sich zurück in die Kissen sinken. Er legte sich eine Hand auf die Stirn, als hätte er Kopfschmerzen und schloss die Augen.

»Fia wirkt überzeugend, wenn sie so redet«, sagte er. »Aber sie weiß auch nicht alles.«

»Du genauso wenig.«

»Nein. Aber ich weiß, was ich will.« Er sah mich an.

»Als ich in all den Jahren, diese vielen Menschen in den Tod begleitet hatte, habe ich so viele letzte Momente gesehen. Das hier ist mein Anfang, verstehst du nicht?«

»Ich finde, es sieht mehr nach einem Ende aus.«

Er wirkte verärgert. »Dann ist es wenigstens mein Ende.«

Ich sah ihn verzweifelt an.

»Ich will mein altes Leben nicht mehr führen, ich kann es nicht. Ich hatte eine wunderbare Zeit in dem Baumhaus und in dieser Stadt und mit dir, aber auch ohne dich, ich habe mir ein eigenes, kleines Zuhause gebaut. Ich kann nicht weiterziehen und das auf ewig vermissen. Ich habe so lange für diese Welt gearbeitet, jetzt muss sie mir etwas zurückgeben und mir den Wunsch erfüllen, hier bleiben zu dürfen, oder mich eben bei dem Versuch sterben lassen.«

Ich legte mich mit dem Kopf auf seinen Bauch und atmete einmal tief durch. »Ich verstehe das, aber es fällt mir schwer, es zu akzeptieren.«

Er streichelte mir über das Haar. »Ja, es tut mir leid, dass du das miterleben musst. Ich hätte dich da nicht mit reinziehen sollen.«

Ich schwieg für einen Moment. »Hast du eben gesagt, dass du mich liebst?«, fragte ich und drehte mich zu ihm um.

»Ich glaube schon.« Er lächelte unsicher. »War das okay?«

Ich nickte, schlang die Arme um seinen Hals und küsste zaghaft seine Lippen. Dann legte ich mich neben ihn. »Ich hoffe wirklich, dass du das hier überstehst«, sagte ich und ein paar Tränen rollten mir über das Gesicht.

»Ich auch.«

»Und ich hoffe, dass ich diese Fia nie wiedersehen muss.«

Er lachte heiser. »Ja, das kann ich verstehen.«

Wir lagen noch eine Weile da und lauschten in die Dunkelheit. Und obwohl ich so aufgewühlt war, schlief ich schon bald voller Erschöpfung ein.

Mir war kalt und ich wachte auf. Fröstelnd rieb ich meine Füße aneinander und zog mir die Decke zurück über die Schultern. Da fiel mir auf, dass das Bett leer war. Ich sah mich suchend nach Eli um, konnte ihn aber nicht entdecken, und blickte auf die Uhr. Es war fünf Uhr in der Früh. Ich stand auf und suchte die Wohnung nach ihm ab, fand ihn aber auch dort nirgendwo. Als ich in mein Zimmer zurückkam, entdeckte ich einen Zettel auf dem Schreibtisch.

›Ich möchte nicht, dass du die Konsequenzen meiner Entscheidung mittragen musst. Ich werde das allein durchstehen und komme wieder, wenn es mir besser geht. Eli‹

Ich knüllte wütend den Zettel zusammen und warf ihn in eine Ecke. Ich würde das nicht akzeptieren. Dann zog ich mir so schnell wie möglich die Sachen vom Vortag an, schlüpfte in meine Schuhe, schnappte Schlüssel sowie Handy und rannte nach draußen. Kühle Nachtluft umfing

mich. Hinter den Dächern der umliegenden Häuser ging gerade die Sonne auf. Ich sah mich um und hoffte, dass Eli noch in der Nähe war. Aber ich konnte keine Spur von ihm entdecken. Ich lief einfach los, in irgendeine Richtung, folgte der Straße, bog um eine Ecke … und da sah ich ihn. Er lag auf dem Boden, in der Nähe einer Hauswand. Ich rannte zu ihm, kniete mich neben ihn und drehte seine Schulter ein Stück zur Seite, damit ich ihn ansehen konnte.

»Weit gekommen bin ich ja nicht«, sagte er leise und versuchte selbst jetzt noch zu lächeln. Sein Atem ging flach und seine Augenlider bewegten sich flattrig.

»Wieso machst du nur so dumme Sachen?«, fragte ich und nahm mein Handy aus der Tasche. »Ich rufe dir jetzt einen Krankenwagen.«

»Lass das doch, die können mir nicht helfen, Emma.«

»Besser als gar nichts zu tun und dich hier liegenzulassen«, sagte ich und wählte.

»Dann sag aber, du würdest mich nicht kennen.«

»Wieso das?«

Eine Frau meldete sich am Telefon, ich erklärte ihr kurz die Situation und beschrieb, wo wir uns befanden.

»Sie sind unterwegs«, sagte ich, nachdem ich aufgelegt hatte, aber Eli schien das gar nicht mehr richtig mitzubekommen. »Wieso soll ich sagen, ich würde dich nicht kennen?«, fragte ich, damit er wach blieb.

»Dann musst du nicht so viele Fragen beantworten. Zu meinem Wohnort, meiner Familie und so weiter.«

Er schluckte schwer.

»Das ergibt Sinn.« Ich strich ihm eine Haarsträhne aus dem Gesicht und versuchte mir nicht anmerken zu lassen, wie viel Angst ich hatte.

Als der Krankenwagen kam und die Sanitäter Eli kurz untersuchten, behauptete ich also, dass ich ihn nur flüchtig kannte und ihn zufällig hier gefunden hatte. Leider durfte ich nicht direkt im Krankenwagen mitfahren, beobachtete hilflos, wie Eli auf der Trage hineingeschoben wurde und blieb allein auf der Straße zurück. Einige Augenblicke sah ich ihm wie versteinert hinterher, dann rannte ich so schnell ich konnte zur Bahnhaltestelle. Weil es noch so früh war, kam die Bahn erst in zwölf Minuten. Aber der Weg war auch zu weit, um ihn zu Fuß zurückzulegen. Selbst wenn ich die ganze Strecke rannte, hätte ich vermutlich ewig gebraucht. Also wartete ich und hüpfte unruhig von einem Fuß auf den anderen.

Das waren die längsten zwölf Minuten meines Lebens. Als die Bahn endlich einfuhr und ich einsteigen konnte, setzte ich mich auf einen Platz und wartete wieder. In der Bahn war es fast ganz leer. Nur drei weitere Personen waren ebenfalls unterwegs. Sie wirkten müde und schienen ganz mit sich selbst beschäftigt zu sein. Sieben Haltestellen. Zwei hatte ich bereits geschafft. Ich überlegte, ob es sinnvoller wäre, vorne oder hinten auszusteigen, und rief mir den Eingang des Krankenhauses in Erinnerung. Vorne würde es vermutlich schneller gehen. Also lief ich durch den Waggon bis ganz nach vorne und setzte mich dort auf einen Platz. Noch drei Haltestellen. Plötzlich entdeckte ich einen Fahrkartenkontrolleur, der sich gerade mit einem der anderen Fahrgäste unterhielt. Da wurde mir bewusst, dass alle meine Sachen, meine Tasche und natürlich auch meine Fahrkarte und mein Geld noch zu Hause lagen. Auch das noch. Die anderen Passagiere kramten in ihren Taschen und holten ihre Fahrkarten hervor. Noch zwei Haltestellen. Der Kontrolleur plauderte noch immer mit dem Fahrgast am anderen Ende des Waggons. Ich trommelte unruhig auf meinen Knien herum. Noch eine Haltestelle. Ich stieg aus. Ich war mir sicher, dass er bei mir gewesen wäre, ehe ich an der letzten Haltestelle hätte aussteigen können. Das Drama, keinen Ausweis und auch keine Fahrkarte dabei zu haben, wollte ich mir ersparen. Und ich war schneller, wenn ich das letzte Stück einfach zu Fuß zurücklegte.

Als ich einige Zeit später im Krankenhaus ankam, verloren in einem Gang in der Nähe des Eingangsbereichs stand und nicht so recht wusste, was ich als nächstes tun sollte, kam eine Krankenschwester an mir vorbei.

»Kann ich dir weiterhelfen?«, fragte sie mich und blieb stehen. Sie hatte freundliche, braune Augen.

»Ja, vielleicht. Ich habe eben für einen Jungen, der auf der Straße zusammengebrochen war, einen Krankenwagen gerufen, und würde gern sehen, wie es ihm geht. Er ist, ähm, ungefähr so alt wie ich, hat dunkle, etwas längere Haare, trägt schwarze Klamotten.«

»Ich bin gerade auf dem Weg zu ihm. Wer bist du denn? Vielleicht kannst du uns weiterhelfen, wir haben bei ihm nämlich keine Personalien gefunden.«

»Emma Himmelgeist. Wie er heißt, weiß ich nicht, da ich ihn nur vom Sehen kenne. Ich glaube, er wohnt bei mir in der Nachbarschaft, allerdings weiß ich nicht wo genau.«

»Ach so.«

»Aber ich würde wirklich sehr gerne nach ihm sehen.« Ich überlegte kurz, was ich noch sagen konnte, um mein Anliegen ein wenig überzeugender zu machen. »Wir haben uns immer zugelächelt, wenn wir uns begegnet sind. Eigentlich hatte ich mir vorgenommen, ihn mal anzusprechen, wenn ich ihn das nächste Mal treffe.«

Sie schmunzelte. »Ja, gut. Wir machen eine Ausnahme. Komm mit.« Während ich neben ihr herlief, fügte sie noch hinzu: »Vielleicht tut es ihm ja ganz gut, wenn eine zumindest einigermaßen bekannte Person in der Nähe ist.«

»Ist er denn wach?«

»Nein, leider nicht.« Sie sah mich kurz an, als überlegte sie, ob sie mir mehr erzählen sollte. »Es wurden einige Untersuchungen gemacht, bisher scheint alles in Ordnung zu sein, aber er ist noch nicht wieder aufgewacht. Es fehlen noch ein paar Tests, dann wissen wir vielleicht mehr.«

Sie öffnete eine der Türen, die alle gleich aussahen, und ich folgte ihr hinein.

Es schmerzte mich unheimlich, ihn hier zu sehen. Er lag im Bett, halb zugedeckt, die Augen geschlossen, und hing an einer Infusion. Das Bett neben ihm war leer. Die Krankenschwester überprüfte den Zugang und seinen

Puls sowie seine Temperatur. Ich sah ihr dabei zu und stand verunsichert mitten im Raum herum.

»Nimm dir einen Stuhl und setz dich zu ihm, wenn du dir einen Moment Zeit nehmen möchtest.«

»Ja, danke«, sagte ich, schob einen Stuhl neben sein Bett und setzte mich.

Sie deckte ihn noch ein Stückchen weiter zu, schenkte mir ein flüchtiges Lächeln und verließ dann eilig das Zimmer.

Ich nahm seine Hand, die sich jetzt ganz fremd und leblos anfühlte, und streichelte sie. Plötzlich quollen die Tränen, die nur durch die Anwesenheit der Krankenschwester zurückgehalten worden waren, unaufhaltsam aus meinen Augen und liefen heiß meine Wangen hinab. Ich wischte mir über das Gesicht, betrachtete ihn, wie er steif auf dem Rücken lag und wünschte mir so sehr, dass ich irgendetwas tun könnte, um ihm zu helfen. So verging eine ganze Weile. Ich saß einfach da, sah ihn an und wartete darauf, dass er aufwachen würde. Zwischendurch kam ein Arzt vorbei, stellte mir ein paar Fragen, duldete es aber, dass ich dort war und verschwand wieder. Auch die Krankenschwester sah ein paarmal nach dem Rechten, brachte mir ein Glas Wasser oder wechselte die Infusion. Am Nachmittag kam sie wieder und legte mir eine Hand auf die Schulter.

»Ich habe jetzt gleich Feierabend, und du solltest auch bald nach Hause gehen.« Ich blickte zu ihr hoch und sie konnte mir natürlich ansehen, dass ich absolut nicht gehen wollte. »Es ist schön, dass du ihn nicht allein lassen möchtest, aber auch du brauchst Schlaf und etwas zu Essen, um zu überleben. Und die Besuchszeit ist vorbei. Meine Kollegen geben gut auf ihn Acht und du kannst ja morgen wiederkommen.«

»Okay, mache ich. Danke«, sagte ich und sie verließ den Raum. Ich spürte schon, wie die beinahe schlaflose Nacht und auch der heutige Tag an mir zehrten. Ich blieb noch ein paar Minuten bei ihm, ehe ich mich schließlich widerwillig auf den Weg nach Hause machte.

Am nächsten Tag ging ich, nachdem ich am Morgen kurz bei Eli im Krankenhaus gewesen war, vorerst wieder in die Schule, weil ich es nicht wagte, mehr als zwei Tage unentschuldigt zu fehlen.

Der Tag verstrich, ohne, dass ich etwas vom Unterricht mitbekam. Natürlich waren meine Gedanken die ganze Zeit bei Eli. Aber noch irgendetwas anderes schien mich abzulenken. Es war ein Gefühl tief in meinem Inneren, das mich seltsam unruhig werden ließ. Ich versuchte es so gut es ging zu ignorieren und mich einigermaßen auf den Unterricht zu konzentrieren.

Nach der Schule traf ich mich wie so oft mit Sina, damit wir einen Teil des Heimweges gemeinsam gehen konnten.

»Hast du die Sache mit Eli geklärt?«, fragte sie, nachdem wir uns begrüßt hatten.

»An sich schon. Aber er ist seit gestern im Krankenhaus.«

»Ach du Kacke. Wieso das denn?«

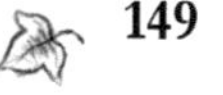

»Wissen die Ärzte auch nicht so genau. Angeblich fehlt ihm nichts. Aber er ist bewusstlos.«

Sie legte einen Arm um mich und wir liefen schweigend weiter. Es tat gut, in ihrer Nähe zu sein, und ich merkte, wie sich das emotionale Chaos in meinem Kopf zumindest ein kleines Bisschen beruhigte. Dafür rückte dieses seltsame Gefühl wieder in den Vordergrund, das sich nun wie ein warmes Kribbeln in meiner Brust ausbreitete. Ich horchte etwas tiefer in mich hinein, konnte es aber nicht ergründen.

»Scheiße, echt«, sagte Sina plötzlich und ich musste mir Mühe geben, nicht erschrocken zusammenzuzucken. »Aber Eli wird das schaffen, da bin ich mir sicher. Der ist doch jung und zäh, der wird wieder gesund.«

Ich nickte, strich mir eine Haarsträhne hinters Ohr und warf einen Blick auf die elektronische Anzeige der Straßenbahn, bei der wir inzwischen angekommen waren. Die Bahn zum Krankenhaus sollte in zwei Minuten da sein. »Ich fahre jetzt lieber wieder zu ihm«, sagte ich.

Wir blieben stehen. Sina legte auch den anderen Arm um mich, drückte mich noch einmal fest und schenkte mir ein aufmunterndes Lächeln. »Ja, das ist gut. Sag mir Bescheid, wenn du Unterstützung brauchst oder wenn es etwas Neues gibt. Vielleicht ist er ja schon wach, wenn du gleich ankommst.«

Das bezweifelte ich, freute mich aber über ihre lieb gemeinten Worte.

»Okay. Danke«, sagte ich.

Dann stieg ich in die Straßenbahn.

Kapitel 9

Ich saß neben Eli auf einem Stuhl, hatte die Beine angezogen und starrte aus dem Fenster. Er lag noch genauso da wie gestern. Ich ertrug es nicht mehr seine reglose Gestalt anzusehen, wollte aber auch auf keinen Fall nach Hause gehen und ihn allein lassen. Also starrte ich weiter nach draußen und blinzelte kaum. Ich wusste nicht mal, wie lange ich schon dort saß. Meine Gedanken stolperten umher und fanden keine klare Richtung.

›War es das wert?‹, fragte ich mich immer wieder. Ich dachte über die Ungewissheit und die Schmerzen nach, die Eli in Kauf genommen hatte, um sein altes Leben nicht fortführen zu müssen. Es war unklar, wie seine Geschichte enden würde. Ich wusste, er wollte kämpfen. Aber vielleicht würde er nie wieder aufwachen. Erst in diesem Moment wurde mir wirklich bewusst, wie unglücklich er mit seiner Aufgabe als Seelenfänger gewesen sein musste.

Die freundliche Krankenschwester, die ich noch von gestern kannte, betrat den Raum.

»Du bist wieder da. Hallo.« Sie lächelte mir zu.

»Hallo.« Ich stellte meine Füße wieder ordnungsgemäß auf dem Boden ab und sah ihr ein wenig verunsichert bei ihrer Arbeit zu.

»Ich finde es wirklich schön, dass du für ihn da bist,

obwohl ihr euch so gut wie gar nicht kennt. Dadurch hat er Gesellschaft, das kann schon etwas ausmachen«, sagte sie.

»Ja, ich will ihn nicht allein lassen.«

Sie seufzte und drückte kurz mit der Hand meine Schulter. »Hoffen wir, dass er bald aufwacht.«

»Ja, hoffentlich.«

Dann war sie auch schon wieder verschwunden.

Ich lehnte mich ein Stück nach vorn und nahm seine Hand in meine. Vorsichtig streichelte ich seine Haut, strich geistesabwesend von seinem Handgelenk bis zu den einzelnen Fingerspitzen und wieder zurück.

Da war wieder dieses Gefühl. Brennende Unruhe in meiner Brust, die sich von innen nach außen fressen wollte und mir kaum einen klaren Gedanken ließ. Ich atmete tief ein und aus und versuchte mich zu beruhigen.

»Ach du Scheiße«, sagte plötzlich jemand.

Ich erschrak. Da stand Fia auf der anderen Seite des Krankenbettes und betrachtete Eli von oben bis unten. Ihre roten Haare erschienen in dem tristen Raum, mit dem grellen Licht und den weißen Wänden, wie aus einer anderen Welt.

Sie beugte sich nach vorn, lehnte sich über ihn und beäugte sein Gesicht interessiert. »Ich habe noch nie jemanden sterben sehen«, sagte sie nachdenklich, dann richtete sie sich wieder auf.

Ich warf ihr einen kritischen Blick zu. Schließlich war sie ebenfalls ein Seelenfänger. Der Tod war also ihr Geschäft. »Aber …«, setzte ich an.

Sie rollte mit den Augen. »Noch keinen von uns.« Sie richtete ihre Aufmerksamkeit wieder auf Eli und strich vorsichtig mit den Fingern über seinen Arm. Jetzt wirkte sie beinahe traurig. »Von uns habe ich noch nie einen sterben sehen.«

Es war ganz still. Wir bewegten uns nicht. Das unruhige Brennen, das ich durch Fia für einen Moment vergessen hatte, war schlagartig wieder zurück. Es fraß sich durch mich hindurch, wurde drängender, wirbelte durch meine Adern und zog an meinen Muskeln. Es rührte in mir herum und mein ganzer Körper schien zu vibrieren. Ich stand ruckartig auf, wodurch sich der Stuhl quietschend zurückschob. Fia sah mich überrascht an.

»Eli wird nicht sterben«, sagte ich entschieden. Es musste eine Möglichkeit geben, ihn zu retten. Dieses seltsame Gefühl wollte mir eine Richtung zeigen, das war mir nun klar. Ich musste los. Ich wusste nicht, wo mein Ziel sich befand oder wie weit der Weg dorthin sein würde. Aber ich wusste, dass ich Eli helfen musste, sonst würde er tatsächlich hier sterben. Und das konnte ich nicht zulassen. Nicht, solange er noch eine Chance hatte.

Fia runzelte die Stirn und sah mich an, als wäre sie sich sicher, dass ich nun endgültig den Verstand verloren hatte. »Na, wenn du meinst«, sagte sie gedehnt.

Ich beachtete sie nicht weiter und verließ das Krankenzimmer.

Jetzt, da ich beschlossen hatte, dem Gefühl in meinem Inneren nachzugeben, wurde es immer lauter. Es drängte in mir, forderte mich auf, schrie mich geradezu an. Es war wie eine innere Stimme, die nicht durch Worte, sondern über Emotionen kommunizierte. Jetzt war sie allgegenwärtig, gab mir Antrieb und überdeckte alle Zweifel.

Ich rannte nach Hause, stürmte in die Wohnung, schnappte mir einen Rucksack und packte allerhand Kram ein, von dem ich dachte, dass ich ihn vielleicht gebrauchen könnte. Darunter ein wenig Wechselkleidung, ein Handtuch und die Bankkarte, die mir mein Vater, für die Zeit während er weg war, hiergelassen hatte. Als ich in die Küche ging steckte ich außerdem zwei Äpfel, einige Schokoriegel und eine kleine Tupperdose voll Möhrensalat, den ich mir am gestrigen Abend zubereitet, aber dann doch nicht gegessen hatte, in den Rucksack. Ich fiel beinahe die Treppen hinunter, polterte durch den Hausflur und trat auf die Straße.

Dann stand plötzlich Jaden da.

Das war doch nicht sein Ernst.

»Hi Emma«, sagte er und steckte die Hände in die Hosentaschen. Sein akkurat frisiertes, blondes Haar bewegte sich leicht im Wind.

»Hi«, sagte ich kühl.

Er ließ seinen Blick durch die Gegend schweifen. »Wow, hier ist es echt noch genau wie früher.«

»Ja.« Ich wandte mich zum Gehen. Für Jaden hatte ich jetzt nun wirklich keine Zeit.

»Weißt du, ich wollte grade bei dir klingeln und dich fragen, ob wir uns mal wieder treffen.«

Fassungslos sah ich ihn an. »Was?«

»Nur mal was unternehmen. Vielleicht ein Spaziergang hier im Wald.«

Ich schüttelte den Kopf. »Du hast echt Nerven. Tauchst hier auf und tust so, als wäre alles in bester Ordnung. Es war nicht okay, dass du es ausgenutzt hast, als ich betrunken war.«

»Ich war ja genauso betrunken.«

Das bezweifelte ich. »Und es war auch nicht okay, dass du mir deine Beziehung verschwiegen hast. Es reicht mir langsam, dass du immer wieder plötzlich vor mir auftauchst und es dann irgendein Drama gibt. Also, was willst du hier?«

Er verlagerte sein Gewicht von einem Bein auf das andere. Er schien nachzudenken. »Das weiß ich selbst nicht so genau.«

Ungeduldig rückte ich meinen Rucksack zurecht und ging an ihm vorbei. »Dann denk mal darüber nach. Jedenfalls will ich dich erst mal nicht mehr sehen.«

Mit diesen Worten wendete ich mich von ihm ab, überquerte die Straße und wunderte mich selbst über meine harten Worte. So hatte ich noch nie mit jemandem geredet. Aber es hatte sich genau richtig angefühlt.

Ein wenig beflügelt und stetig getrieben von dieser Stimme erreichte ich schon bald den Hauptbahnhof. Es war früh am Abend und die Halle war voll von umher-wuselnden Menschen. Zunächst hob ich bei der Bank ein wenig Geld ab. Dann ging ich zum Ticketautomaten, kaufte mir ein Ticket, das vierundzwanzig Stunden in der

ganzen Region gültig war, und ließ mich einfach treiben. An Gleis sieben blieb ich stehen und stieg in den nächsten Regionalexpress. Es war ziemlich voll.

Irgendwann fand ich einen Platz am Fenster und ließ mich nervös auf dem Sitz nieder. Es war komisch, nicht zu wissen, wohin ich überhaupt unterwegs war. Aber ich war mir sicher, dass die Richtung stimmte, also versuchte ich mich zu entspannen.

Der Zug fuhr immer weiter, im Abteil wurde es stetig leerer und draußen immer dunkler. Die Zeit zog sich dahin. Bald war ich die einzige Person im Waggon. Zweifel fraßen sich in meine Gedanken. Hatte ich wirklich eine Chance, Eli zu retten? Was könnte ich denn schon tun? Ich hatte keine besonderen Fähigkeiten, wie Eli oder Fia. Das Gefühl in meinem Körper, das mir zuvor die Richtung vorgegeben hatte, wurde zudem immer schwächer. An der Endstation stieg ich schließlich aus. Ich war in einer großen Stadt, die ich bisher nur vom Namen her kannte, und ein mulmiges Gefühl breitete sich in mir aus. Die innere Stimme war nun endgültig verstummt. Meine Entschlossenheit war fort und ich hatte keine Ahnung, wohin ich als nächstes gehen sollte.

Ich setzte mich auf eine der Bänke am Gleis, stellte den Rucksack neben mir ab und versuchte, nicht in Panik zu verfallen. Nach einem tiefen Atemzug blickte ich zu dem nächtlichen Himmel hinauf. Der Mond war nur schwach hinter den dunklen Wolken zu erkennen und die Laternen warfen leicht gelbliches Licht auf den schmuddeligen Bahnsteig. Der Rest der Welt war in schwarze Schatten gehüllt. Ich entdeckte eine kleine Ratte, die über die Schienen huschte. Ein Stückchen weiter saßen drei Jugendliche auf einer Bank, grölten laut und tranken Dosenbier. Sonst war niemand zu sehen. Ich hatte das Gefühl, dass ich hier falsch war. Vielleicht war ich zu weit gefahren.

Ich schulterte meinen Rucksack und ging die Treppe hinunter. In dem unterirdischen Gang, von dem aus man zu den verschiedenen Gleisen gelangen konnte, war es etwas heller. In einer Nische lag ein Mann in einem Schlafsack und schien zu schlafen. Ich ging leise weiter und gelangte in eine Bahnhofshalle.

Die meisten Geschäfte, darunter ein Buchladen und eine Apotheke, waren geschlossen. Der Imbiss war noch geöffnet. Ich bestellte mir bei der übermüdeten, aber sehr freundlichen Bedienung einen Kaffee und setzte mich an einen der Tische. Erschöpft sackte ich in mich zusammen, legte meine Finger um die Tasse, genoss die Wärme und sah mich um. An einem der anderen Plätze saß ein Pärchen auf einer Bank. Auch sie schienen müde zu sein und hatten sich aneinander gekuschelt. Der Mann zog seine Jacke aus und legte sie der Frau um die Schultern. Sie lächelte ihn an und strich ihm eine Haarsträhne aus dem Gesicht. Es war deutlich zu sehen, dass sie sich gegenseitig Halt und Zuneigung schenkten. Ich dachte an Eli, der gerade allein im Krankenhaus lag. Ich wünschte mir so sehr, dass es ihm besser ging. Und ich dachte daran, wie gern ich jetzt zu ihm gehen würde. Zurück zu den Tagen, als er noch in meinem

Baumhaus sein Unwesen trieb und wir gemeinsam das Leben entdeckten. Ich stellte mir vor, wie er die Arme um mich legte und mir die Sicherheit gab, die mir an diesem düsteren Ort fehlte. Doch er war nicht hier. Denn er brauchte meine Hilfe. Ich würde unter keinen Umständen aufgeben. Meine Entschlossenheit kehrte zurück. Und mit ihr das drängende Gefühl im Inneren meines Körpers.

Mein Blick wanderte zu der Anzeige, die über die nächsten Zugverbindungen informierte und die von meinem Platz im Imbiss gut zu sehen war. Ich überflog die Liste und blieb bei der Information über einen Nachtzug hängen, der ungefähr in zwei Stunden hier abfahren würde. Meine innere Stimme sagte mir, dass dieser Zug der richtige war, auch wenn der Gedanke, noch zwei Stunden an diesem Bahnhof verbringen zu müssen, mich beinahe verzweifeln ließ. Aber ich hatte immerhin wieder ein Ziel und das gab mir neuen Mut. Also bestellte ich mir einen Burger mit Pommes, um noch eine Weile länger in dem Imbiss bleiben zu können und wartete.

Kapitel 10

Der Zug war überpünktlich und ich fuhr die ganze Nacht durch. Ich wagte es nicht zu schlafen, sah aus dem Fenster, um mich zu beschäftigen, konnte aber nicht viel mehr, als mein eigenes Spiegelbild erkennen. Irgendwann, nachdem die Sonne endlich wieder hinter den Bäumen hervorgekommen war, stieg ich aus, wartete eine halbe Stunde an einem anderen Bahnsteig und stieg in einen weiteren Zug. Ich spürte, dass ich meinem Ziel näherkam. Vom vielen Sitzen waren meine Glieder ganz steif und mein Hintern tat mir weh.

Ich wählte Sinas Nummer. Es klingelte fünfmal, ehe sie abnahm.

»Hi Emma, ich musste mich aus dem Unterricht mogeln, bevor ich rangehen konnte. Wie geht es Eli?«

»Bisher noch nicht besser.«

»Mist.«

»Unser Flug ist schon morgen, oder?«

»Ja, Freitag um siebzehn Uhr.«

Ich rutschte unruhig auf meinem Sitz hin und her. »Wäre es sehr schlimm für dich, wenn ich nicht mit zu der Hochzeit komme und bei Eli bleiben würde? Ich will bei ihm sein, falls irgendwas ist.«

»Ja, kein Problem, das wollte ich dir sowieso vorschlagen«, antwortete sie ohne zu zögern. Ich war erleichtert.

»Danke dir.«

»Kein Thema. Ich sollte mich nicht so anstellen. Außerdem kommt Anatoly ja mit. Wahrscheinlich werde ich mich mehr über ihn aufregen als über meine dumme Mutter.« Sie lachte.

»Okay.«

»Bist du grade im Krankenhaus?«

»Ja.« Die Lüge fiel mir nicht leicht.

»Soll ich nach der Schule mal vorbeikommen?«

»Nein, schon gut. Du musst ja sicher noch packen.«

»Jaaaa«, sagte sie gedehnt. »Ich habe noch gar nichts gemacht.«

»Wusste ich's doch.«

Sie lachte leise. »Okay, ich gehe mal wieder in den Unterricht. Alles Gute und bis bald.«

»Dir auch!« Ich legte auf, steckte das Handy in die Tasche und entdeckte plötzlich Fia am anderen Ende des Waggons. Sie kam auf mich zu, blickte sich im Zug um und setzte sich im Schneidersitz auf den Platz mir gegenüber. Wortlos sah sie mich an, ohne auch nur einmal zu blinzeln. Ich blickte mich um, um herauszufinden, wie die anderen Passagiere auf sie reagierten. Aber es war niemand in unserer Nähe.

»Fia, was machst du da?«, fragte ich schließlich, als sie mich immer noch anstarrte.

»Wie? Du kannst mich sehen?«

»Ja, klar, du sitzt doch direkt vor mir.«

»Ja. Aber ich bin eigentlich gerade unsichtbar.«

»Ach so?«

»Aber du kannst mich trotzdem sehen. Interessant.« Sie spielte mit einer Haarsträhne. »Konnte sich Eli vor dir ebenfalls nicht unsichtbar machen, als er noch im Vollbesitz seiner Kräfte und seines Verstandes war?«

»Doch, konnte er.«

»Sehr interessant.«

»Also? Wieso bist du hier? Willst du mich mal wieder umbringen?«

»Nein. Anscheinend hast du etwas vor, um Eli zu helfen, und ich möchte wissen, was es ist.« Sie sah mich erwartungsvoll an. Als ich nicht sofort reagierte, schnippte sie mit den Fingern vor meinem Gesicht herum. »Und? Was hast du vor?«

Ich zuckte mit den Schultern und sah aus dem Fenster. »Weiß ich selbst noch nicht so genau.«

»Was ist das denn für eine dämliche Antwort?«

Stirnrunzelnd sah ich sie wieder an. Sie wirkte so klein und zierlich, wie ein junges Mädchen, war aber umgeben von einer Aura aus Wissen, Kraft und Wut. »Du könntest auch freundlicher mit mir reden«, sagte ich, trotz ihrer einschüchternden Art.

Sie rollte mit den Augen.

Ich seufzte. »Ich weiß nicht, was ich vorhabe. Ich habe einfach dieses Gefühl in meinem Inneren und versuche, ihm so gut es geht zu folgen.«

»Beschreib das Gefühl«, forderte Fia und beugte sich ein Stück nach vorn.

Ich überlegte einen Moment, ehe ich antwortete. »Wie ein wirbelndes Brennen in meinem Körper, das mich in

 **161** 

eine bestimmte Richtung zieht und mir sagt, wo ich lang gehen soll.«

Sie lehnte sich zurück und verschränkte die Arme. »Das klingt ja fast, als wärst du eine von uns. Wenn wir zu unserem nächsten Opfer gerufen werden, fühlt es sich ähnlich an.« Sie grinste. »Vielleicht hast du ja noch weitere von unseren Fähigkeiten entwickelt. Versuch mal, ob du dich für Menschen unsichtbar machen kannst.«

»Und wie?«

»Mach doch einfach. Versuch es.«

»Aber ich habe doch keine Ahnung, wie ich das machen soll.«

Sie stand auf. »Meine Güte, stell dich doch nicht so an. Bemüh dich ein bisschen. Stell dir vor, du wärst unsichtbar, und dann lass es passieren.«

Ich atmete einmal tief durch. Fia war wirklich anstrengend. Vor allem nach einer schlaflosen Nacht im Zug. Aber ich war selbst neugierig, ob ich vielleicht wirklich dazu in der Lage war, mich für die Augen der Menschen unsichtbar zu machen. Das würde meine Reise sicher vereinfachen und war dazu noch unglaublich cool. Also schloss ich die Augen und konzentrierte mich. Ich stellte mir vor, wie mein Körper sich nach und nach in Nebel auflöste, bis er nicht mehr zu sehen war. Dann öffnete ich die Augen wieder.

Fia war ein Stück nähergekommen und blickte mich unverwandt an.

»Und, meinst du, es hat funktioniert?«, fragte ich sie.

»Woher soll ich das wissen?«

Sie sah mich an, als wäre es aufgrund meiner offensichtlichen Dummheit eine Zumutung, mit mir zu reden. »Ich bin kein Mensch. Ich kann dich so oder so sehen.«

»Okay, okay.«

»Versuch mal, ob du dem Kind da hinten die Chips klauen kannst.« Sie deutete auf eine Mutter und deren kleinen Sohn, die eben ein Stückchen entfernt auf einem Vierersitz Platz genommen hatten.

»Was? Ich klaue doch niemandem etwas!«

Fia rollte wieder mit den Augen. »Nur als Experiment. Gib sie von mir aus danach wieder zurück.«

»Hm«, machte ich widerwillig. »Na gut.«

Ich stand auf und ging zögerlich in Richtung der kleinen Familie. Unsicher sah ich mich noch mal zu Fia um, doch sie winkte mich nur ungeduldig voran. Ich ging ein paar Schritte weiter. Die Mutter tippte auf ihrem Handy herum und der Junge las in einem Comic. Ich ging näher heran und stand schließlich direkt neben ihnen. Sie beachteten mich nicht. Vielleicht konnten sie mich tatsächlich nicht sehen? Ich nahm all meinen Mut zusammen, streckte die Hand aus und nahm die Chipstüte.

Die beiden hoben ruckartig den Kopf. »Was machen Sie da?!«, fragte die Frau laut und sah mich wütend an.

»Ich, ähm«, stammelte ich und suchte nach einer Ausrede. Mir fiel aber keine ein. »Tut mir leid«, sagte ich dann nur, legte die Chips zurück und ging schnell davon. Mit klopfendem Herzen ließ ich mich zurück in meinen Sitz sinken.

Fia krümmte sich vor Lachen.

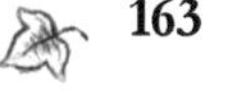

»Ich glaub's ja nicht, dass du das wirklich gemacht hast.«

Sie lachte weiter. »Natürlich bist du nicht unsichtbar. Du bist so dumm.«

Sie lachte immer noch. Ich sah sie finster an.

Als ich glaubte, dass sie sich ein wenig beruhigt hatte, fragte ich: »Aber du bist für die Augen der Menschen gerade unsichtbar und ich kann dich trotzdem sehen? Oder war das auch gelogen?«

Sie wischte sich eine Träne aus dem Augenwinkel. »Nein, das war die Wahrheit.«

»Also habe ich jetzt tatsächlich eine Fähigkeit entwickelt, die andere Menschen nicht haben.«

»Ja. Vielleicht durch deinen Kontakt zu Eli und den Zustand, in dem er sich befindet. Sehr ungewöhnlich. Keine Ahnung. Von so etwas habe ich noch nie gehört. Mehr kann ich dir da auch nicht sagen.«

»Vielleicht habe ich diese Fähigkeit bekommen, damit ich ihm helfen kann.«

»Wer weiß. Es scheint auf jeden Fall eine Bedeutung zu haben, und ich bin neugierig, was es damit auf sich hat. Sonst würde ich mich nicht mit dir abgeben, glaub mir.«

»Jaja, ich habe inzwischen verstanden, dass du meine Anwesenheit als Zumutung empfindest. Du musst es nicht immer wieder betonen.«

»Gut. Und wie lange wirst du noch mit diesem Zug fahren?«

»Das weiß ich noch nicht.«

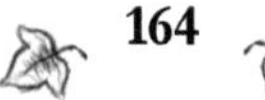

»Na, das kann ja was werden. Ich werde dich ein Stück begleiten. Du wirst bestimmt meine Hilfe brauchen, wenn Eli eine Chance haben soll, zu überleben.«

Ich war erleichtert. Fia war unglaublich anstrengend, aber ich war trotzdem froh, sie an meiner Seite zu haben. »Danke. Ich will ihm wirklich helfen.«

»Du hast ihm diesen Zustand ja überhaupt erst eingebrockt. Ich kann absolut nicht verstehen, wieso er für dich sein Leben riskiert.«

»Ich habe ihn gebeten, seine Arbeit als Seelenfänger wieder aufzunehmen. Ich denke nicht, dass er das für mich getan hat.«

»Für wen denn dann?«

»Für sich selbst.«

»Hm.«

Sie blickte griesgrämig aus dem Fenster, deshalb ließ ich sie lieber in Ruhe.

Nach einer Weile hielt der Zug an einem Bahnhof und ich beobachtete, wie die Mutter und ihr Sohn mit der Chipstüte ausstiegen. Erleichtert setzte ich mich wieder etwas aufrechter hin und versuchte mich nicht zu sehr von Fias Anwesenheit verunsichern zu lassen. Ich trank einen Schluck Wasser und kramte mein Handy aus der Tasche, um es auf neue Nachrichten zu prüfen. Mein Vater hatte sich erkundigt, wie es mir ging und ich schrieb ihm eine kurze Antwort.

»Ich mag Züge nicht besonders«, sagte Fia plötzlich.

»Wieso?«, fragte ich und packte das Handy wieder in meine Tasche.

»Das geht dich nichts an!«

Perplex schwieg ich für einen Moment. »Wieso fängst du dann überhaupt dieses Gespräch an?«

Sie machte ein Gesicht, als wäre die Antwort auf diese Frage offensichtlich, und richtete ihren Blick wieder aus dem Fenster.

Ich seufzte, versuchte sie weiterhin zu ignorieren und packte meine Tupperdose sowie eine Gabel aus.

»Was machst du da?«, fragte Fia.

»Ich esse etwas.«

»Und wieso?«

»Weil ich Hunger habe.«

»Hm«, machte sie und rümpfte die Nase. »Deine menschlichen Bedürfnisse hast du also nicht verloren. So was isst keiner freiwillig, du musst wirklich Hunger haben.«

Sie deutete angewidert auf meinen Möhrensalat.

Ich schob mir eine Gabel in den Mund. »Also, ich finde ihn auch dann lecker, wenn ich keinen Hunger habe. Willst du mal probieren?«

»Auf keinen Fall.«

»Na gut. Ich weiß, du musst nicht essen, aber gibt es denn Dinge, die du gerne isst?«

»Natürlich.« Sie spitzte nachdenklich die Lippen. »Pizza und Schokolade und Popcorn.«

Ich lachte. »Ach so.«

»Na, ich muss ja weder auf meine Figur noch auf meine Gesundheit achten. Das kannst du von dir sicher nicht behaupten.«

Als ich noch überlegte, was sie mir damit hatte sagen wollen, fuhr sie schon fort: »Trotzdem bist du irgendwie besonders.«

»Wie meinst du das?«

»Weil du dem leitenden Gefühl in dir folgst, ohne zu wissen, wohin es dich führt. Die meisten hätten es einfach ignoriert. Wahrscheinlich hätten sie es nicht einmal wahrgenommen.«

Ich schluckte meinen letzten Happen Möhrensalat hinunter und dachte über ihre Worte nach.

»Es schien mir die einzige Möglichkeit zu sein, um Eli zu helfen«, sagte ich dann.

»Gut.« Fia schwang die Füße nach oben, legte sich der Länge nach auf die Sitzbank und ließ ihre Beine über die Lehne baumeln. Dann schloss sie die Augen und summte ein Lied, das ich nicht kannte.

Ich packte Dose und Gabel zurück in meine Tasche, richtete meinen Blick nach draußen und beobachtete die Landschaft, die an uns vorbeizog.

So vergingen ein paar Stunden. Fia und ich teilten uns noch die Schokoriegel, die ich dabeihatte, ansonsten redeten wir nicht viel.

Irgendwann spürte ich, wie das Gefühl in mir wieder drängender wurde. Es vibrierte in meinem Bauch und mir war sofort klar, was ich zu tun hatte.

»Wir steigen gleich aus«, sagte ich.

»Ach so? Bist du dir da sicher?«

»Ja.«

Ich stand auf.

Der Zug hielt, ich nahm meinen Rucksack und wir betraten den Bahnsteig. Es war ein kleiner Bahnhof mit nur zwei Bahngleisen. Rings herum war es grün und es gab nicht viele Häuser. Außer uns stiegen nur zwei weitere Passagiere aus. Alles wirkte ruhig, und ich verspürte das angenehme Gefühl, nach langer Zeit endlich wieder durchatmen zu können.

»Und was jetzt?«, fragte Fia.

Ich sah mich etwas genauer um. Das kleine, zweistöckige Bahnhofsgebäude war gelb gestrichen, hatte weiße Fenster und eine große, einladende Glastür, die offen stand. Auf dem Dach entdeckte ich ein Storchennest, aber keine Störche. Rechts von uns war die Landschaft recht bewaldet. Eine Treppe führte runter vom Gleis auf einen Weg, der sich am Rand der Gleise entlangschlängelte. Links von uns endete das Gleis an einer einspurigen Straße, die von einigen Wiesen, Feldern und Häusern gesäumt war.

»Wir gehen da rechts lang«, sagte ich zu Fia und deutete in Richtung Wald.

»Ich weiß nicht, was ich von dieser Entscheidung halten soll, aber du bist der Boss.«

Wir stiegen die Treppe hinab und betraten den kiesigen Weg. Die Sonne schien mir warm auf die Schultern, es roch nach Tannennadeln und es fühlte sich genau richtig an, in diesem Moment hier zu sein. Sogar was Fia anging, hatte ich ein gutes Gefühl.

»Hast du noch einen von den Schokoriegeln?«, fragte sie mich.

»Nein, tut mir leid.«

»Schade.« Sie überholte mich mit ein paar Schritten und drehte sich während des Gehens in der Mitte des Weges ein paarmal um sich selbst. »Mach mit«, sagte sie. »Das tut echt gut nach dem ewigen Rumsitzen.«

»Ach, nein.«

»Zier dich nicht und mach mit.«

»Na gut«, lachte ich, streckte die Arme aus und drehte mich ebenfalls während des Gehens wie ein Kreisel um mich selbst. Das machte wirklich Spaß und war nach der langen Zugfahrt ein großartiger Ausgleich. Ich hüpfte bei jedem Schritt ein Stück in die Luft und drehte mich weiter, auch wenn mir bereits schwindelig wurde. Daher drehte ich mich noch ein paarmal in die andere Richtung und ging dann normal weiter. Fia lief voraus und wir folgten dem schmalen Weg, der nun weiter von den Gleisen weg und tiefer in das Waldstück hineinführte. Die Vögel zwitscherten und angenehm duftende Waldluft umfing uns. Zwischen den Bäumen wuchsen Farne und einige Blumen. Und ich entdeckte ein Eichhörnchen, das gerade in der Erde buddelte. All das erinnerte mich an den Wald bei mir zu Hause und an mein Baumhaus.

»Ich hoffe, Eli ist noch am Leben«, sagte ich.

»Natürlich ist er noch am Leben.« Fia drehte sich genervt zu mir um. »Du bist echt eine Heulsuse. Ich frage mich, wieso sich Eli ausgerechnet dich ausgesucht hat.«

Ich zuckte ein wenig verärgert mit den Schultern. »Das hat er ja sicher nicht so geplant. Oder vorher Pro und Kontra abgewogen.«

Fia schwieg einen Moment. »Stimmt«, sagte sie dann. »Liebe lässt sich nicht kontrollieren.«

»Interessant, dass du das sagst.«

Sie blieb stehen. »Du wirst es kaum glauben, aber ich war auch mal verliebt. In einen Menschen.«

Erstaunt sah ich sie an »Wirklich?«

»Ja, wirklich.« Sie ging weiter. »Ich habe gezwungenermaßen ein bisschen Zeit mit ihm verbracht und dann fand ich plötzlich alles an ihm wunderschön. Fast wie eine Gehirnwäsche, echt verrückt. Aber ich war schlau genug, ihn gehen zu lassen. Eli hätte dasselbe bei dir tun sollen.«

Ich war verwundert über ihre ehrlichen Worte. So hatte ich Fia bisher nicht kennengelernt. Und es machte mich traurig, dass sie ihre Liebe für dieses Leben, das sie führte, hatte aufgeben müssen.

»Wir Seelenjäger und ihr Menschen gehören einfach nicht zusammen. Wir sind eure natürlichen Feinde.« Sie grinste. »Aber es macht trotzdem Spaß, mal mit einer wie dir zu reden, die Bescheid weiß.«

»Danke«, sagte ich und lächelte. »Das ist wahrscheinlich das Netteste, das du bisher zu mir gesagt hast.«

Der Wald um uns herum lichtete sich und gab den Blick auf eine weitläufige, grüne Wiese frei. Ein paar Büsche säumten den Weg, auf dem sich nun an einigen Stellen Gräser und Kräuter an die Oberfläche gekämpft hatten. Ein Stückchen weiter konnte ich einen Zaun mit ein paar Schafen dahinter entdecken. Wir traten aus dem Schatten der Bäume wieder in die Sonne und ich hatte das Gefühl, dass wir unserem Ziel nun ganz nah waren. Als wir bei den Schafen angekommen waren, blieb ich einen Moment am Zaun stehen, um ihnen beim Grasen zuzusehen. Fia stellte sich neben mich.

»Was machst du da? Hast du vergessen, dass wir es eilig haben?«, fragte sie.

»Nein, das habe ich natürlich nicht vergessen. Aber ein Moment Pause ist in Ordnung.«

»Komische Einstellung.«

Ich ignorierte ihren neckischen Ton. »Hast du dir mal gewünscht, das Gleiche zu machen wie Eli?«, fragte ich sie.

»Was denn? Schwächlich in einem Krankenhaus rumliegen?« Sie sah mich an. »Bestimmt nicht.«

»Nein, ich meine, dein Leben selbst gestalten. Vielleicht mit diesem Menschen zusammen sein, in den du verliebt gewesen bist.«

»Vielleicht habe ich es mir zu diesem Zeitpunkt kurz gewünscht. Aber ich mag meine Arbeit. Und außerdem sehen wir ja, wohin so was führt.« Fia fasste mein Handgelenk und ließ meine Hand unbeholfen in der Luft rumwackeln. »Elis Leben liegt in deinen kleinen Patschhänden.«

Darüber musste ich lachen. Und da lachte sie auch.

Sie ließ mein Handgelenk wieder los.

»Du machst dir ganz schön viele Gedanken«, sagte Fia.

»Ja, ich bin andauernd am Zweifeln.«

»Jammer nicht so rum. Ich denke, du bist stärker als du glaubst. Du solltest nur lernen, ein wenig entschlossener zu sein.« Sie trat einen Schritt zurück. »Genug Pause gemacht. Komm, gehen wir weiter«, sagte sie und marschierte voraus.

Ein wenig später führte uns der Weg an einem sehr alten Friedhof vorbei, der von einem gusseisernen Zaun umgeben war. Hier wuchsen wieder mehr Bäume. Riesige, alte Bäume mit dicken Stämmen und ausladenden Ästen. Ihre dunkelgrünen Blätter flüsterten im Wind und die Vögel sangen ein fröhliches Lied. Die Welt um uns herum war voller Leben, was einen starken Kontrast zum Tod bildete, der auf einem Friedhof natürlich sehr präsent war.

Ich ging durch das kleine Tor und folgte dem Weg, der zwischen den Gräbern hindurchführte und an den Stellen, an denen sich die Sonne durch das Blätterdach hindurchschlängelte, von vielen hellen Flecken gesprenkelt war. Überall wuchsen Sträucher, wilde Gräser oder Blumen. Efeu überwucherte viele der alten Grabsteine und Moosflechten bedeckten die verwitterte Schrift, sodass sie kaum noch zu entziffern war. Ich entdeckte die Statue einer Frau mit langem Gewand und gesenktem Kopf, um die sich rot blühende Rosen rankten.

»Wirklich schön hier«, sagte Fia und strich im Vorbeigehen mit den Fingern über einen Grabstein.

»Ja, finde ich auch«, antwortete ich, obwohl ich mich auf Friedhöfen normalerweise eher unwohl fühlte. Doch die ganze Atmosphäre hier strahlte so viel positive Ruhe aus. Es war, als würde das blühende Leben, das hier allgegenwärtig war, mir zurufen, dass es sich niemals vom Tod würde besiegen lassen.

Wir gelangten zu einem schmalen, steinernen Gebäude, das an ein Mausoleum erinnerte. Drei kleine Türmchen verzierten das runde Dach an der Frontseite. Die eiserne Tür war an der Oberseite gebogen und wurde von einem aufwendigen Relief geschmückt, das verschiedene Figuren, Landschaften und Geschehnisse zeigte.

»Wir sind da«, sagte ich und drehte mich zu Fia um.

»Bist du dir sicher?«

»Ja.« Die Stimme in meinem Inneren sprach voller Überzeugung zu mir. Ich war genau dort angekommen, wo es mich hatte hinführen wollen. »Wieso? Weißt du, wo wir hier sind?«

Fia ging ein paar Schritte umher. »Hier im Speziellen war ich noch nie. Aber ich weiß, was das für ein Ort ist. Das ist ein Durchgang in die Totenwelt. Normalerweise können die Lebenden Türen wie diese gar nicht sehen.«

Erschrocken blickte ich sie an.

»Interessant, dass du ausgerechnet zu diesem Durchgang geführt wurdest. Es gibt noch einige andere, für die wir nicht so weit hätten fahren müssen. Vielleicht ist dieser hier besonders«, überlegte Fia.

Ich hörte ihr nur mit einem halben Ohr zu. Denn große Angst breitete sich in mir aus. Ich wusste, dass ich durch diese Tür gehen musste, um Eli zu helfen. Aber was wäre, wenn mich das vielleicht selbst das Leben kosten würde? Schließlich war das hier ein Weg in die Welt der Toten. Würde ich sterben, sobald ich durch diese Tür gegangen war? Aber jetzt, so kurz vor dem Ziel aufzugeben und wieder nach Hause zu fahren, war auch keine Option. Ich war hier, um Eli zu helfen. Und ich glaubte daran, dass ich das schaffen konnte.

Also legte ich meine Hand auf die kalte, eiserne Klinke und versuchte die Tür zu öffnen. Doch sie blieb verschlossen. Ich rüttelte ein paarmal daran. Aber nichts bewegte sich.

Ich sah Fia an. »Kannst du die Tür öffnen?«

Sie schüttelte den Kopf. »Nein, ich kann sie nicht mal berühren.« Um mir das zu demonstrieren, streckte sie die Hand aus und strich vorsichtig mit den Fingerspitzen über die eisernen Verzierungen auf der Tür. Kleine Funken sprühten und flogen in alle Richtungen. Fia zuckte zurück, schüttelte ihre Hand und blickte mich an. »Siehst du. Wie ein Elektrozaun für Kühe.«

Ich fuhr mir nachdenklich mit den Händen durch das Gesicht und versuchte diese Situation zu verstehen.

»Das heißt, du warst noch nie in der Welt der Toten?«, fragte ich Fia.

»Nein. Keiner von uns.«

»Und wie komme ich jetzt da rein?«

»Keine Ahnung.«

»Aber ich wurde doch nicht ohne Grund hierhergeführt.«

»Keine Ahnung.«

Ich setzte mich auf den Boden und versuchte nachzudenken. Es musste einen Weg durch diese Tür geben. Sonst hätte dieses Gefühl mich sicher nicht an diesen Ort geführt. Ich strich mit den Fingern an den Blättern eines Gänseblümchens entlang und beobachtete, wie Fia die Relief-Bilder auf der Tür studierte.

»Vielleicht gibt es eine Möglichkeit«, sagte sie kurz darauf.

»Ja?« Hoffnungsvoll sah ich sie an.

Sie kam zu mir zurück und hockte sich vor mich hin. »Ich könnte dich berühren«, sagte sie.

»Was meinst du damit?«

»Ich würde dich so berühren, wie ich es mache, wenn ich die Unsterblichen in den Tod hole.«

Ein Schreck durchfuhr mich. »Aber dann wäre ich ja tot.«

»Gut kombiniert.«

Fia rollte mit den Augen und stand auf. »Wenn wir einen Menschen auf diese Weise berühren, um ihn in den Tod zu holen, lösen wir seine Seele von seinem Körper. Die Seelen müssen dann selbst entscheiden, ob sie durch eine Tür, wie die hier, gehen, oder ob sie in dieser Welt bleiben. Darauf haben wir keinen Einfluss. Ich sehe oft Seelen umherwandern, die einfach nicht gehen wollen. Mit der Zeit vergessen sie, wer sie einmal gewesen sind. Die könnte man dann als Geister bezeichnen. Also«, Fias Augen glitzerten vor Begeisterung. »Ich würde deine Seele von deinem Körper trennen und dann könntest du durch diese Tür gehen.«

»Aber dann wäre ich ja tot«, wiederholte ich.

»Erst mal ja, aber wenn du getan hast, was auch immer du da drin tun musst, um Eli zu retten, und es schaffst,

zu dieser Tür zurückzukommen, könnte ich dich wieder zurück in deinen Körper holen. Glaube ich.«

»Glaubst du?«

»Na, ich habe das natürlich noch nie gemacht. Aber ich bin mir recht sicher, dass ich das kann. Ich muss ja nur das Gegenteil von dem machen, was ich sonst mache.«

»Okay. Dafür, dass mein Leben davon abhängt, ist das aber ganz schön wage. Wir wissen nicht, ob ich zurückgehen kann, wenn ich einmal durch die Tür gegangen bin.«

»Tja, keine Ahnung. Es ist deine Entscheidung, ob du dieses Risiko eingehen willst. Eine andere Möglichkeit kenne ich nicht.«

Ich stand auf. Ich wusste, wenn ich jetzt noch weiter darüber nachdachte, würden meine Angst und meine Zweifel mich übermannen. Es war an der Zeit, etwas zu tun und ein Risiko einzugehen. Ich wollte Eli unbedingt helfen. Ich wusste, dass Fia das auch wollte, sonst wäre sie nicht hier. Sie würde ihr Bestes geben, um mich zu unterstützen. Außerdem vertraute ich meinem inneren Gefühl, das mich hierher geleitet hatte. Es führte mich eindeutig durch diese Tür.

»Ja, ich sehe auch keine andere Möglichkeit. Versuchen wir es.«

»Super!«, sagte Fia und hüpfte von einem Bein auf das andere.

Ich atmete einmal tief durch und schloss für einen Moment die Augen. Tausend Sorgen, Gedanken und Szenarien, was wohl passieren würde, wenn ich es nicht zurück ins Leben schaffte, stürzten auf mich ein.

Niemand wusste, wo ich war. Ich sah meinen Vater vor mir, der in unsere leere Wohnung kommen und nach mir suchen würde, wenn ich nicht zurückkehren sollte. Diese Bilder konnte ich nicht ertragen. Daher öffnete ich meine Augen schnell wieder und versuchte, gar nicht erst darüber nachzudenken.

Fia sah sich in der Gegend um. »Wir positionieren dich ein wenig versteckt. Es ist zwar ganz schön verlassen hier, aber nachher kommt doch jemand vorbei und meint, er müsste deinen toten Körper wegschaffen.«

Ich schluckte schwer. »Ja, du hast recht.«

Wir gingen ein Stück um das kleine Gebäude herum und quetschten uns an ein paar buschigen Sträuchern vorbei, die dort in der Nähe des Eisenzaunes wuchsen. Hier war es ein wenig dunkler und ich war einigermaßen gut versteckt.

»Am besten, du legst dich hin«, sagte Fia.

»Okay«, sagte ich, stellte meinen Rucksack in der Nähe ab und legte mich ins Gras. Fia kniete sich neben mich.

»Was machen wir jetzt?«

»Du musst gar nichts machen. Entspann dich einfach.«

Sie nahm meine Hand. Ich versuchte zu ignorieren, dass ich am ganzen Körper zitterte.

»Bereit?«

Ich nickte.

»Okay«, sagte sie. »Es geht los.«

Dann spürte ich plötzlich, wie eine unsichtbare Kraft an mir zu reißen begann und panische Angst breitete sich in mir aus. Mein Körper wusste, dass das der Tod war, der an ihm rüttelte, und er kämpfte mit aller Kraft dagegen an. Adrenalin strömte durch mich hindurch, alles tat mir weh. Ich wollte aufspringen und den Schmerz von mir abschütteln. Meine Muskeln zogen sich zusammen. Aber dann drückte Fia meine Hand und ich verstand, dass ich loslassen musste. Ich versuchte mich zu entspannen und mich nicht mehr gegen die unsichtbare Kraft zu wehren, die an mir zerrte. Ich ließ mich ziehen und spürte, wie Schwere und Anstrengung von mir abließen. Mein Körper verlor sein Gewicht. Der Schmerz war weg und ich fühlte mich frei.

Als ich aufstand, spürte ich Unmengen an Energie in mir. Jede Bewegung war so leicht, als hätte die Schwerkraft ihren Einfluss verloren.

Ich streckte mich in die Höhe und genoss meine neu gewonnene Stärke.

Dann durchfuhr mich ein Schreck, als ich neben Fia plötzlich meinen eigenen Körper liegen sah. Sie ließ meine leblose Hand los und stand auf.

»Du hast dich ganz schön gewehrt«, sagte sie zu meiner Seele, zu meinem neuen Ich, zu mir.

Ich sah an mir herab und bewegte meine Arme. Ich fand, ich sah aus, wie eine Staubwolke mit Gliedmaßen. Fasziniert drehte ich meine Hand im Sonnenlicht hin und her und beobachtete die vielen glitzernden, kleinen Teilchen, die umherflogen und mir eine Kontur gaben.

»Los, los«, sagte Fia dann. »Keine Zeit zu verlieren. Ich weiß nicht, ob es deinem Körper schadet, wenn du da zu lange rumliegst.«

Also gingen wir zurück zu der eisernen Tür. Wieder legte ich meine Hand auf die Klinke und drückte sie nach unten. Dieses Mal mit Erfolg.

Ein leises Quietschen ertönte und die Tür schwang fast von allein auf. Im Inneren war nichts zu erkennen. Hinter der Tür gab es einfach nur Dunkelheit. Ich sah mich noch einmal zu Fia um, die mich ungeduldig weiterscheuchte, dann trat ich über die Schwelle und ging hinein in das Nichts.

 # Kapitel 11 

Die eiserne Tür schlug hinter mir zu und die Dunkelheit verschwand von einem Moment auf den anderen. Ich befand mich in einem Gang mit rauen Felswänden, der mich an eine Höhle erinnerte. Der Weg, auf dem ich stand, führte abwärts. Kleine Wasserrinnsale liefen in Furchen über den steinigen Boden. Auch von der niedrigen Decke tropfte Wasser.

Die ungemütliche Atmosphäre ließ mich frösteln, obwohl ich, wie ich feststellte, gar keine Umgebungstemperatur spüren konnte. Ich wollte aus alter Gewohnheit meine Arme um den Körper schlingen, merkte aber, dass ich einfach durch mich selbst hindurchfasste und zuckte erschrocken zusammen. Ich konnte meine Hände durch meinen eigenen Körper hindurchbewegen und spürte absolut keinen Widerstand. Dennoch fühlte es sich an, als würde jemand in meinem Magen herumrühren und an meinen Eingeweiden ziehen. Davon wurde mir übel. Das sollte ich in Zukunft lieber vermeiden.

Ich richtete meine Aufmerksamkeit wieder auf die Umgebung und mir fiel auf, dass das Licht, das den Gang erhellte, von den Wänden kam. Genau genommen von unzähligen kleinen Lichtpunkten, die zwischen den Felswänden leuchteten und verschiedene Bilder ergaben, die sich bis zur Decke erstreckten. Sie wirkten wie feine

Strichzeichnungen aus sanft leuchtenden Linien. An der Wand zu meiner Rechten formten die Lichter die Skyline einer großen Stadt mit Kirchtürmen, Hochhäusern und einem Riesenrad. Zu meiner Linken entdeckte ich Reiter mit Helmen und Schilden, die in Begleitung von einigen Hunden einem Eber hinterherjagten. Fasziniert betrachtete ich die Szenen noch einen Moment, dann begann ich dem Weg abwärts zu folgen. Die Bilder setzten sich fort und gingen nahtlos in neue Motive über. Ich konnte Wälder sehen, verschiedenste Tiere in den unterschiedlichsten Lebensräumen und Städte von alten Zivilisationen.

Schon bald gelangte ich an eine Gabelung, an der sich der Weg in zwei verschiedene Richtungen aufteilte. Ich bog wahllos nach rechts ab und landete kurz darauf an einer Kreuzung. Langsam kam mir die Höhle wie ein steinernes Labyrinth vor. Um nicht die Orientierung zu verlieren, beschloss ich, mir die Bilder an den Wänden der Abzweigung, für die ich mich entschied, zu merken. Auf diese Weise würde ich wissen, welchen Weg ich bereits gegangen war, falls ich nochmals an derselben Kreuzung landen sollte. Ich wählte einen Gang an dessen Wand eine Wolfsmutter abgebildet war, die mit ihren Jungen spielte, setzte meinen Weg fort und versuchte in mich hineinzuhören, um einen Hinweis darauf zu erhalten, welcher Weg wohl der richtige war.

Eine gefühlte Ewigkeit irrte ich die schier endlosen Gänge entlang und die Sorgen in meinem Kopf wurden lauter. Ich dachte an meinen toten Körper, der auf dem Friedhof im Gras lag, und hatte Angst davor, nie mehr dorthin zurückzufinden. Ich gab mir Mühe, zuversichtlich zu bleiben und mich auf die Motive an den Wänden zu konzentrieren. Doch mit der Zeit hatte ich immer mehr das Gefühl, im Kreis zu laufen, obwohl ich mir sicher war, dass ich mir die Bilder an den Wänden gemerkt und bisher keines von ihnen doppelt gesehen hatte.

Mitten im Gang blieb ich stehen und betrachtete die leuchtenden Linien zu meiner Rechten etwas genauer. Sie formten eine Art Mandala. Ich war überzeugt davon, es zum ersten Mal zu sehen. Ratlos blieb ich, wo ich war, starrte die Felswand an und ordnete meine Gedanken. Ich hatte nicht das Gefühl, dass ich meinem Ziel wesentlich nähergekommen war. Im Gegenteil, die Zeit verstrich und spielte gegen mich.

Plötzlich begannen sich die leuchtenden Bilder an der Wand zu bewegen und ihr Aussehen zu verändern. Die Formen des Mandalas lösten sich auf und machten einem Wirrwarr aus Linien Platz. Ich ging näher an die Wand heran und betrachtete die Lichter zum ersten Mal aus der Nähe. Verwundert stellte ich fest, dass diese Leuchtquelle von Lebewesen stammte. Es waren kleine, leuchtende Tierchen, ähnlich wie Glühwürmchen, die sich in Rinnen an den Felswänden entlang bewegten. Sie waren etwa faustgroß, hatten eine längliche Form, viele kleine Füße und noch mehr kleine Borsten. Es waren die Borsten, die leuchteten und die Tierchen wie ein schimmerndes Kleid umgaben. Eines von ihnen schien zu bemerken, dass ich es betrachtete, und hielt in der Bewegung inne. Die goldenen Augen sahen mich neugierig an. Ich lächelte und streckte vorsichtig meine Hand aus, doch es huschte sogleich davon. Jetzt begann die ganze Meute sich viel schneller zu bewegen. Sie huschten und wuselten umher, bis sie ein neues Bild geformt hatten und erneut unbeweglich verharrten. Ich brauchte einen Moment, um zu erkennen, was sie abbildeten, und stellte erschrocken fest, dass es mein Baumhaus war. Ich konnte auch meinen Vater entdecken und mich selbst als junges Mädchen. Diese Erinnerung, die mir sonst immer ein gutes Gefühl bereitet hatte, hier zu sehen, machte mir nun Angst. Wieso zeigten die Tierchen mir meine Vergangenheit?

Mit zügigen Schritten ging ich weiter und entdeckte an den Wänden immer mehr von meinen Erinnerungen. Tage mit meiner Familie, Tage im Kindergarten, meinen ersten Schultag, Spieleabenteuer mit dem alten Jaden, als er noch kein Arsch gewesen war.

Ich begann zu rennen. Ich wollte all das nicht sehen. Es erinnerte mich an die Geschichten, die davon erzählten, dass man kurz vor seinem Tod noch einmal sein ganzes Leben vor seinem inneren Auge vorüberziehen sah. Dieser Gedanke verstärkte mein Gefühl, dass ich nie wieder einen Weg hier raus finden würde. Doch es tauchten neue Bilder an den Wänden auf und sie schritten immer weiter in der Zeit voran. Irgendwann entdeckte ich auch Sina und Anatoly und Luka und dann sogar Eli. Was würde passieren, wenn die Bilder mit ihren Erzählungen im Jetzt angekommen waren? Wenn sie mich selbst hier in dieser Höhle zeigten? Würde ich dann tatsächlich sterben? Bei diesem Gedanken lief ich noch schneller, kniff die Augen

zusammen und rannte weiter, bis ich stolperte, zu Boden fiel und auf weichem Gras landete. Ich hatte den Sturz kaum gespürt, auch außer Atem war ich nicht.

Ich blickte mich um. Der Gang war nun über und über mit Efeu bewachsen. Die steinerne Wand und auch die Lichter waren nicht mehr zu erkennen. Selbst die Decke war überwuchert. Ich stand auf, atmete einmal tief durch und beruhigte mich wieder. Es half ja nichts, ich musste weitergehen. Ich war froh darüber, dass die Bilder nun verschwunden waren. Die Efeu-Pflanzen, woher auch immer sie kamen, wirkten viel freundlicher als die rauen Felswände.

Also setzte ich meinen Weg fort, den grünen Gang entlang, der weiter geradeaus führte. Abzweigungen gab es hier keine mehr. Nicht mal eine Kurve. Es ging stetig in eine Richtung, alles sah gleich aus. Ich konnte nicht mehr wahrnehmen, wie schnell ich mich eigentlich fortbewegte, geschweige denn einschätzen, wie groß die Entfernung war, die ich inzwischen zurückgelegt hatte. Zurückzugehen schien genauso aussichtslos, wie der Weg nach vorn. Also ging ich weiter, auch wenn ich absolut kein Ziel in der Ferne erkennen konnte und sich der starke Wunsch in mir ausbreitete, an Ort und Stelle stehen zu bleiben. Mit der Zeit wurde die Vegetation weniger und hinter dem Efeu waren strahlend weiße Wände zu erkennen. Die Pflanzen trugen weniger Blätter und wurden kleiner. Nach und nach war alles Grün verschwunden und einem grellen Weiß gewichen, das mich nun allumfassend umgab. Vielleicht war ich meinem Ziel ja nun etwas näher? Doch ich hatte nach wie vor keinen Anhaltspunkt, wohin ich überhaupt gehen sollte, und ich konnte schon von Weitem sehen, dass der Gang sich bald wieder zu teilen begann. Mein Wunsch, stehenzubleiben und eine Pause zu machen, wurde größer.

»Du gehörst nicht hierher«, sagte plötzlich eine Stimme und ich erschrak. Ich sah mich nach der Person um, die gesprochen hatte, und erblickte einen schwachen Schemen auf dem Boden, der nur noch entfernt an die sitzende Gestalt eines Menschen erinnerte. Es schien eine Seele zu sein, genau wie ich. Doch alle Details und Konturen waren vollkommen verschwommen. Ich konnte auch nicht sagen, ob die Stimme weiblich oder männlich geklungen hatte. Sie hallte einfach tonlos durch den leeren Gang.

»Du gehörst nicht hierher«, sagte sie noch einmal. »Die anderen Seelen wissen, welchen Weg sie gehen müssen. Meist sträuben sie sich dagegen. Aber sie wissen, wo sie hinmüssen. Du weißt es nicht.«

Ich drängte meine Angst beiseite und versuchte die Gestalt direkt anzusehen. Auch wenn ich nicht genau sagen konnte, wo sich das Gesicht, geschweige denn die Augen der Person befanden.

»Ich habe die ganze Zeit genau gewusst, wo ich lang muss. Ich habe zielsicher den Eingang gefunden, aber seit ich durch diese eiserne Tür gegangen bin, weiß ich nicht mehr, was ich tun soll. Ich habe mich wohl verlaufen«, sagte ich wahrheitsgemäß, in der Hoffnung, dass dieses Wesen mir helfen konnte.

»Interessant. Du bist also freiwillig hier. Eigentlich kann man sich hier nicht verlaufen. Jeder Weg führt woanders hin, aber jeder Weg führt zum Ziel. Nur wer stehenbleibt, kommt nicht weiter. Man sollte niemals stehenbleiben. Geh lieber schnell weiter, Kind.«

»Sind Sie stehen geblieben? Sitzen Sie deshalb hier?«

»Ich bin vor sehr langer Zeit gestorben. Und ich habe mich geweigert weiterzugehen. Jetzt sitze ich hier schon eine ganze Ewigkeit und kann mich keinen Zentimeter mehr bewegen. Aber ich warne die Seelen, die hier vorbeikommen, nicht den gleichen Fehler zu machen wie ich. Mach dich schnell wieder auf den Weg. Man sollte niemals stehenbleiben. Nur wer stehenbleibt, kommt nicht weiter.«

»Ich weiß ja nicht, wohin ich gehen soll.«

»Das ist ganz egal, geh einfach weiter.«

»Aber ich bin ja nicht zum Sterben hier.«

»Niemand will sterben.«

»Ja, natürlich, aber ich muss meinem Freund helfen.«

»Damit kenne ich mich nicht aus. Aber das ist auch egal. Geh lieber schnell weiter, Kind.«

Ich seufzte.

Diese Seele konnte mir nicht helfen. Sie war hier vollkommen gefangen und ich hatte den Eindruck, dass ihre Gedanken sich im Kreis drehten. Doch vermutlich hatte sie recht mit dem, was sie sagte. Ich durfte nicht zu lange stehenbleiben. Aber ich wollte sie auch nicht hier zurücklassen.

»Kommen Sie mit, ich helfe Ihnen«, sagte ich.

»Danke Liebes, aber ich kann mich nicht bewegen. Ich habe mich seit einer Ewigkeit nicht mehr bewegt.«

»Bestimmt können Sie das.« Ich ging zu der durchsichtigen Gestalt und versuchte sie zu fassen zu bekommen. Erst gelang es mir nicht und meine Hände glitten einfach durch sie hindurch, wie durch eine feine Wolke aus Wasserdampf. Aber dann spürte ich einen kaum merklichen Widerstand, hielt mich daran fest und zog die Gestalt mit aller Kraft nach oben.

Erst schien sie gar nicht richtig zu verstehen, was gerade geschehen war. Sie bewegte langsam ihre Glieder, beugte sich nach links und rechts, reckte sich in die Höhe und drehte sich einmal um sich selbst.

»Ich kann mich bewegen«, flüsterte sie und tat vorsichtig ein paar wackelige Schritte, bis sie auf der anderen Seite des Ganges angelangt war. Sie streckte und beugte sich noch einmal und es schien, als würde sie ihre Füße berühren. Dann richtete sie sich wieder auf.

»Ich kann mich bewegen! Ich kann es doch!«, rief sie und kam auf mich zu. »Ich danke dir, Kind. Du hast mich gerettet.« Sie sprang in die Höhe und tanzte um mich herum. Sie war wie verwandelt. »Komm mit, wir machen uns auf den Weg. Wir dürfen nicht stehenbleiben.«

Die Seele hüpfte voraus und ich ging zögerlich hinterher. Ich fürchtete mich davor, einen Weg einzuschlagen, von dem es kein Zurück mehr gab. Schließlich war ich nicht hier, weil ich auf mehr oder weniger natürliche Weise gestorben war. Ich war nicht hier, um den Weg zu meinem Seelenfrieden zu finden. Ich wollte Eli helfen.

Auch wenn ich immer noch nicht wusste, wie ich das anstellen sollte. Also war diese verrückte Seele in diesem Moment vielleicht nicht mein bester Führer.

»Nun komm schon, vertrau mir. Du darfst nicht stehenbleiben, niemals«, sagte sie eindringlich und ich beschleunigte meine Schritte ein wenig, um ihr folgen zu können.

Wir liefen einige Minuten durch die zahllosen weißen Gänge. Die Gestalt schien ganz genau zu wissen, welche Abzweigung sie wählen musste, und mit der Zeit, erlangte ihre Form wieder ein wenig an Kontur. Mich erinnerte sie an einen schmalen, hochgewachsenen Mann. Aber sicher war ich mir damit nicht.

»Ich werde dir auf ewig dankbar sein«, sagte die Stimme, die ebenfalls an Struktur gewonnen hatte und nun etwas tiefer und rauer klang.

»Ich habe gern geholfen«, sagte ich und bemühte mich, Schritt zu halten.

Kurz darauf gelangten wir an ein großes, gläsernes Tor. Dahinter erstreckte sich eine endlose, grüne Weite voller Sonnenschein. Wohlige Wärme und ein Gefühl der Geborgenheit breiteten sich in mir aus.

»Wir sind da!«, sagte die Seele und öffnete eifrig die Tür.

Sie sah mich noch mal an. »Kommst du mit?«

Ihre Kontur vibrierte. Ich spürte, wie ungeduldig sie war, und dass alles in ihr danach drängte, dort hindurchzugehen. Sie schien das Warten auf meine

Antwort kaum zu ertragen. Dieses Gefühl hatte ich nicht. »Nein, das ist nicht mein Ziel.«

»Ich wünsche dir alles Gute«, sagte sie, schlüpfte durch die Tür und war sogleich verschwunden. Ich blickte durch die gläserne Tür und war mir sicher, dass dies nicht der richtige Weg für mich war, auch wenn der verlockend warme Sonnenschein eine starke Anziehungskraft auf mich ausübte.

Also drehte ich mich schnell wieder um und entdeckte zu meiner Rechten eine weitere Tür. Sie war ein wenig kleiner und aus dunklem Holz gefertigt, wodurch sie in dem sterilen, weißen Gang vollkommen fehl am Platz zu sein schien. Es gab keinen Hinweis darauf, was sich wohl dahinter verbarg. Dennoch entschied ich mich, diesen Weg zu wählen, machte einen Schritt darauf zu und legte meine Hand auf die eiserne Klinke. Ich drehte mich ein letztes Mal zu der gläsernen Tür um, doch diese war verschwunden. Einen Moment verweilten meine Gedanken noch bei der Seele, die ich für eine kurze Zeit auf deren Weg begleitet hatte. Ich wünschte mir, dass es ihr jetzt gut ging, und war froh darüber, ihr geholfen zu haben. Vielleicht hätte auch ich meinen Weg ohne sie gar nicht finden können. Ich war dankbar dafür, ihr begegnet zu sein. Dann betätigte ich die Klinke und ging durch die hölzerne Tür.

Dunkelheit umfing mich. Das weiße Licht war verschwunden. Ich gewöhnte mich diesmal recht schnell an die neue Umgebung und erblickte eine weitläufige Höhle, deren raue Felswände mich an die Gänge zu Beginn meiner Reise in die Welt der Toten erinnerten. Der Boden war nass und von der Decke hingen Tropfsteine herab. In der Mitte stand ein riesiger Baum, dessen Äste und Blätter sich in der ganzen Höhle ausbreiteten und bis zur Decke erstreckten. Es sah aus, als würde er die Höhlendecke durch die Kraft seiner gewaltigen Äste tragen und mit seinen wunderschönen Blättern verzieren. Jedes einzelne von ihnen leuchtete golden in der Dunkelheit. So entstand ein glühendes Blätterdach über meinem Kopf, das die Höhle in ein dämmriges Licht tauchte.

Staunend ging ich weiter hinein. Die Höhlendecke war nicht allzu hoch und die meisten Zweige hingen so tief, dass ich die Blätter aus der Nähe betrachten konnte. Jetzt stellte ich erstaunt fest, dass auf jedem von ihnen das Gesicht eines Menschen zu erkennen war, alle vollkommen unterschiedlich. Männer, Frauen, Kinder oder Babys. Sie bewegten sich, wie auf einem Video und gingen ihren täglichen Beschäftigungen nach. Eine Frau las in einem Buch, ein Junge spielte Fußball und ein Mann lag auf einer Couch und schlief.

Egal, was sie gerade taten, ich konnte alles sehen. Dabei fühlte ich mich zusehends wie ein Eindringling in ihre Privatsphäre, denn es schienen reale Menschen zu sein, deren Leben hier zu sehen waren. Zögerlich ging ich weiter in die Höhle hinein und ließ meine Blicke flüchtig über die Gesichter der unterschiedlichsten Menschen schweifen. Ein Blatt zog mich besonders an, und ich war überrascht, als ich Sina darauf erkannte. Sie war bei sich zu Hause und schien sich mit jemandem zu unterhalten. Das bestätigte meine Vermutung, dass jedes Blatt eine einzelne, reale Person repräsentierte und sie in ihrer momentanen Lebenssituation zeigte.

Nun kehrte auch mein inneres Gefühl zurück und drängte mich, weiterzugehen. Ich ließ mich leiten und es dauerte nicht lange, bis ich Eli auf einem der Blätter entdeckte.

Er lag reglos in seinem Krankenhausbett. Es tat weh, ihn so zu sehen und in diesem Moment nicht bei ihm sein zu können. Als ich sein Blatt genauer betrachtete, fiel mir auf, dass es im Gegensatz zu den anderen, über eine Art Faden mit dem Boden verbunden war. Er wuchs aus der Spitze des Blattes heraus, war nicht viel dicker als eine Spinnwebe und spannte sich bis nach unten zum Boden der Höhle. Ich folgte ihm mit den Augen und bemerkte nun, dass auch der Boden über und über mit den Blättern des Baumes bedeckt war. Doch diese hier leuchteten nicht mehr. Es waren auch keine Menschen auf ihnen zu erkennen. Sie wirkten dunkel und leer. Bedeutete das vielleicht, dass die Menschen, zu denen diese Blätter gehört hatten, nun tot waren? War der Baum ihre Verbindung zum Leben? Und sobald das Blatt herunterfiel, mussten sie sterben? Vielleicht war es aber auch umgekehrt. Vielleicht fiel das Blatt vom Baum, sobald sie starben? Jedenfalls schien Eli über den Baum mit dem Leben und durch den Faden, der zu den leblosen Blättern am Boden führte, gleichzeitig mit dem Tod verbunden zu sein. Doch was bedeutete das?

Besorgt betrachtete ich sein Gesicht. Es wirkte bereits so reglos, als wäre er gar nicht mehr am Leben.

Ich überlegte, was ich jetzt tun sollte. Konnte ich es wagen, den Faden vom Boden zu trennen? War damit seine Verbindung zum Tod gekappt und es würde ihm besser gehen? Dann fragte ich mich, ob diese Verbindung vielleicht nicht bestand, weil es ihm schlecht ging, sondern weil er kein gewöhnlicher Mensch war. Er war ein Seelenfänger, unsterblich, und vielleicht deshalb immer mit dem Tod verbunden. Vielleicht konnte ich das Blatt von Fia finden und so herausfinden, ob sie ebenfalls mit den Blättern am Boden verbunden war?

Ich ging noch ein wenig in der Höhle umher und hielt nach Fias feuerroten Haaren Ausschau, wollte mich aber auch nicht zu weit von Eli entfernen, vor Sorge, dass ich ihn dann in diesem Wirrwarr nicht mehr wiederfinden würde. Ich befand mich nahe der Höhlenmitte und der Baumstamm wuchs nicht weit von mir entfernt zur Decke empor. Ich achtete darauf, nicht auf seine Wurzeln zu treten und ging eine Runde um den dicken Stamm herum. Seine Rinde war dunkel und voller Furchen. In den Zwischenräumen funkelte das goldene Licht, das auch die Blätter schmückte. Es schien in Adern durch den gesamten Baum hindurchzufließen und war wunderschön.

Ich folgte seinen ausladenden Ästen mit den Augen und richtete meinen Blick wieder auf seine Blätter. Tatsächlich entdeckte ich ein weiteres bekanntes Gesicht. Es war Mila, die sich gerade die Haare föhnte. Ihr Blatt leuchtete um einiges heller als das der anderen. Darüber musste ich schmunzeln. Selbst hier rückte sie sich in den Vordergrund. Aber Fia konnte ich nicht finden.

Ich ging zu Eli zurück und betrachtete ihn nachdenklich. Vielleicht war der Faden wirklich die Voraussetzung für seine Unsterblichkeit. Und wenn ich ihn durchtrennte, würde nur noch seine Verbindung mit dem Leben bestehen. Was würde das bedeuten? Dass er dann zu einem normalen Menschen wurde? Aber was würde passieren, wenn ich mich irrte?

Doch das inzwischen vertraute Gefühl in meinem Inneren verdrängte mit einem Mal alle anderen Gedanken und zwang meine Aufmerksamkeit auf diesen Faden. Ich entschied, ihm zu vertrauen, und nahm den Faden in die Hand. Er war so dünn, dass er schon bei dieser leichten Berührung zerfiel. Schnell zog ich meine Hand wieder zurück und beobachtete, wie der Faden als feiner, glitzernder Staub zu Boden rieselte. Sonst veränderte sich nichts. Besorgt betrachtete ich Eli, der noch immer reglos im Krankenbett lag. Und jetzt? Hatte ich richtig gehandelt? Hatte ich Eli gerettet? Ich wusste es nicht.

Ich beobachtete ihn noch eine Weile und hoffte, dass er die Augen öffnen und geheilt aus dem Bett springen würde. Doch das tat er nicht. Und mehr konnte ich nicht tun. Vielleicht brauchte er einfach noch ein wenig Zeit zum Aufwachen. Und dann wollte ich bei ihm sein. Also sollte ich mich wohl wieder auf den Weg zurück machen. Ich blickte auf und bemerkte eine Tür in der Nähe, die mir zuvor nicht aufgefallen war. Ich sah noch ein letztes Mal in Elis Gesicht. Ich wollte so schnell wie möglich zu

ihm. Außerdem sollte ich besser keine Zeit mehr verlieren und in meinen Körper zurückkehren. Also lief ich zu der Tür, öffnete sie und ging hindurch.

Erstaunlicherweise landete ich wieder in dem steinigen Höhlengang mit den Lichtern an den Wänden.

Dieses Mal bewegten sich die leuchtenden Tierchen nicht. Und die Bilder, die sie formten, zeigten keine Szenen, sondern nur Muster und Symbole. Ich ging näher an die steinernen Wände heran. Die kleinen Wesen hatten die Augen geschlossen und schienen zu schlafen. Erst jetzt merkte ich, wie erschöpft ich war. Auch wenn ich keinen Körper besaß, hatte diese Reise an meinen Kräften gezehrt.

»Auf Wiedersehen«, flüsterte ich den Kerlchen zu und widerstand dem Wunsch ihr leuchtendes Borstenkleid zu streicheln.

Der Gang führte aufwärts und ich hoffte, bald wieder nach draußen zu gelangen. Während meines Weges kam ich an einigen Abzweigungen vorbei, doch ich ging einfach weiter geradeaus. Die friedlich schlafenden Leuchtwesen hatten eine beruhigende Wirkung auf mich. Alles schien in Ordnung zu sein. Ich glaubte fast, sie schnarchen zu hören.

Doch mit jedem Schritt wurde auch meine Müdigkeit größer. Jede Bewegung fühlte sich schwerfällig an und ich hatte Mühe, mich zu fokussieren. Ich kämpfte mich weiter, wurde jedoch immer langsamer. Der Wunsch, mich auf den Boden zu legen und auszuruhen, bestimmte meine

Gedanken und wuchs mit jedem Moment, der verstrich. Ich blieb stehen. Doch dann erinnerte ich mich an die Warnungen der Seele, die ich zuvor getroffen hatte. Ich durfte auf keinen Fall stehenbleiben. Also ging ich weiter und kämpfte mich vorwärts.

Endlich entdeckte ich am Ende des Gangs die eiserne Tür, durch die ich diese sonderbare Welt betreten hatte. Erleichtert atmete ich auf und rannte mit letzter Kraft darauf zu. Ich betätigte die Klinke, die Tür schwang auf und ich trat nach draußen. Helles Sonnenlicht blendete mich und ich brauchte einen Moment, um mich zu orientieren.

»Was machst du denn? Geh wieder da rein!«, hörte ich Fia sagen, die plötzlich direkt vor mir stand.

Ein wenig überrumpelt blinzelte ich sie an. »Wieso? Ich habe alles erledigt.«

»Tatsächlich? Du warst doch nicht mal zehn Sekunden weg.«

»Oh, wirklich?« Mir kam es so vor, als wäre ich mindestens zehn Tage dort unten gewesen.

»Na, wenn du sagst, du hast alles Nötige getan, bringe ich dich besser schnell zurück in deinen Körper.«

»Ja, du hast recht«, sagte ich erschöpft und folgte ihr zu der Stelle hinter den Büschen, an der ich mich, anscheinend erst vor Kurzem, ins Gras gelegt und von Fia gewissermaßen hatte umbringen lassen.

Sie kniete sich neben meinen reglosen Körper und winkte mich zu sich heran. »Komm her und nimm meine Hand.«

Inzwischen kam es mir seltsam vor, dass dieses Ding, das dort auf dem Boden lag, zu mir gehören sollte. Dieser Körper wirkte so ungelenk und klobig. Ich hatte mich an dieses neue Ich gewöhnt. Aber natürlich wollte ich in mein Leben zurück und nicht auf ewig als Geist in dieser Welt herumirren. Also nahm ich Fias Hand. Eigentlich fasste ich eher durch sie hindurch. Aber dieser Kontakt schien zu reichen.

Fia berührte mit der anderen Hand meinen fleischlichen Körper, schloss die Augen und konzentrierte sich. Zunächst passierte gar nichts und mich befiel die Sorge, dass sie sich getäuscht hatte. Dass sie nicht in der Lage war, eine Seele, die sie vom Körper getrennt hatte, wieder daran zu binden. Doch dann spürte ich die unsichtbare Kraft, die überall an mir zu ziehen begann. Ich hieß sie willkommen und ließ mich von ihr wegtragen, zurück in meinen Körper, wo ich hingehörte.

Kapitel 12

Als ich die Augen öffnete, fühlte ich mich ganz steif. Jede Bewegung kam mir schwer und anstrengend vor. Vorsichtig bewegte ich meine Finger und versuchte wieder ein Gefühl für meinen Körper zu bekommen. Dann sah ich in Fias Gesicht, das besorgt über mir schwebte.

»Hat es geklappt? Kannst du dich bewegen?«, fragte sie.

»Ich denke schon«, antwortete ich leise und wollte mich aufsetzen, konnte aber nicht so ganz die Kraft dazu aufbringen. Fia stützte mich und half mir, mich aufrecht hinzusetzen.

»Scheint ja noch alles zu funktionieren, wenn auch ein bisschen schwerfällig«, meinte sie.

»Ja. Ich brauche wohl nur einen Moment, um mich wieder daran zu gewöhnen, einen Körper zu haben.«

Sie nickte. »Und? Konntest du Eli helfen?«

»Ich hoffe es.«

»Was soll das heißen?«

»Nachdem ich Ewigkeiten herumgeirrt bin, habe ich einen Baum gefunden, an dem es für jeden Menschen ein Blatt gab. Elis Blatt war zusätzlich mit dem Boden verbunden, auf dem tote, verwelkte Blätter lagen. Diese Verbindung habe ich gelöst und hoffe, dass ihn das von seinen Pflichten als Seelenfänger befreit.«

Fia sah mich verständnislos an.

»Mir schien es so, als ob ich seinen Kontakt zum Tod trennen muss. Vielleicht geht es ihm dadurch besser. Und vielleicht ist er dann kein Seelenfänger mehr.«

»Okay.«

»Ich habe auch nach deinem Blatt gesucht, es aber nicht gefunden. Bestimmt hätte ich das Gleiche für dich machen können. Aber wahrscheinlich würdest du das gar nicht wollen, oder?«

Fias sah mich regungslos an. Ich glaubte, etwas in ihren Augen aufblitzen zu sehen, doch das war sofort wieder verschwunden. »Ja, es ist gut, dass du das Blatt nicht gefunden hast«, sagte sie, nahm meine Hände und half mir auf die Füße. »Fühlst du dich fit?«

»Ja, geht wieder.«

»Dann solltest du dich jetzt auf den Weg zu Eli machen.«

»Kommst du nicht mit?«

»Nein, ich denke nicht.«

»Okay«, sagte ich und war fast ein bisschen enttäuscht, dass sich unsere Wege nun trennten.

Fia sah mich ernst an. »Ich bin wirklich froh, dass du dich so für ihn eingesetzt hast, obwohl er nicht zu euch Menschen gehört.«

»Ich finde nicht, dass es zwischen euch und den Menschen einen großen Unterschied gibt.«

»Das denkst du«, sagte Fia und grinste. Sie reichte mir meinen Rucksack. »Okay, grüß Eli von mir.«

Und dann war sie verschwunden.

Verwirrt sah ich mich um. Aber ich war allein. Vermutlich, denn ich war wohl nicht mehr in der Lage, sie zu sehen, wenn sie sich unsichtbar machte. Ich hatte meine übernatürlichen Fähigkeiten wieder verloren. Schade.

»Auf Wiedersehen«, sagte ich in die Stille hinein, weil ich wusste, dass sie noch in der Nähe sein musste.

Teleportieren konnte sie sich schließlich nicht. Oder? Eine Antwort bekam ich jedoch nicht mehr.

Ich kämpfte mich wieder hinter den Büschen hervor und warf einen letzten Blick auf die eiserne Tür, die in die Welt der Toten führte. Dann begann ich, vollkommen erschöpft, aber voller Hoffnung, meine Heimreise.

Nun konnte ich mich nicht mehr auf mein Bauchgefühl verlassen, das mir auf magische Weise die Richtung wies, sondern musste aus eigener Kraft den Weg nach Hause finden.

Der Friedhof wirkte jetzt viel größer, als ich ihn in Erinnerung hatte. Außerdem fühlte ich mich immer noch ein wenig wackelig auf den Beinen. Ich lief unter den riesigen, alten Bäumen hindurch und versuchte mich an den Weg zu erinnern, auf dem ich mit Fia hierher gelangt war. Da entdeckte ich eine alte Frau, die in der Nähe eines Grabsteins auf dem Boden kniete und schwerfällig Unkraut aus dem Boden rupfte.

»Guten Tag«, sagte sie freundlich, als sie mich bemerkte und ich ging zu ihr hinüber.

»Hallo«, sagte ich.

Sie richtete sich ein wenig auf und strich sich mit den Händen über ihren schmerzenden Rücken.

»Reich mir doch bitte die kleine Harke da.« Sie deutete auf das handliche Gartenwerkzeug, mit drei gebogenen Zacken, das bei mir in der Nähe lag. »Sei so gut.«

»Natürlich.« Ich nahm die Harke und reichte sie ihr.

»Danke«, sagte sie und setzte ihre Arbeit fort. »Das ist das Grab meines Mannes«, erzählte die alte Frau, während sie mit der Harke in die Erde schlug, um diese aufzulockern. «Ich komme jedes Wochenende her, aber das Unkraut wächst an diesem Ort einfach so unglaublich schnell, dass ich jedes Mal wieder von vorne anfangen muss.«

Einem Impuls folgend hockte ich mich ihr gegenüber neben das Grab und begann ebenfalls, das Unkraut aus dem Boden zu ziehen. Ich betrachtete den Grabstein und den Todestag des Ehemannes.

»Ihr Mann ist vor zwanzig Jahren gestorben? Und Sie kommen immer noch jedes Wochenende her?«

Sie seufzte. «Ja, er war die Liebe meines Lebens. Ich bringe es einfach nicht übers Herz, ihn länger als eine Woche allein zu lassen.«

«Ach«, sagte ich nur und war berührt davon, dass sie ihn auch nach so langer Zeit noch vermisste.

»Ja«, seufzte sie. »Er war ein gutes Stück älter als ich und wir konnten nur etwas mehr als zehn Jahre zusammen verbringen. Aber wir haben uns sehr geliebt.«

»Es ist schön, dass Sie so eine Liebe gefunden haben«, sagte ich, während ich die kleinen Pflänzchen, die ich aus der Erde gezogen hatte in einen Eimer warf.

»Das denke ich auch.«

Sie legte die Harke für einen Moment beiseite und sah mich an. »Nun erzähl mal, was machst du denn hier auf diesem einsamen Friedhof mitten im Nirgendwo?«

»Hm«, machte ich und klopfte die Erde von meinen Fingern. »Ich dachte zunächst, dass ich auch wegen der Liebe hier wäre. Aber ich glaube, dass es noch einen weiteren Grund gibt.«

Sie lachte. »Es klingt sehr geheimnisvoll, wie du das sagst. Was für einen Grund denn?«

»Da bin ich mir noch nicht sicher.«

»Okay. Dann finde es lieber schnell heraus. Unsere Lebenszeit vergeht so schnell. Erst scheint sie unendlich lang zu sein, aber dann ist sie irgendwann ganz plötzlich vorbei.«

Ich stand auf. »Ja, das stimmt. Dann mache ich mich jetzt mal auf den Heimweg.«

»Schön«, sagte die alte Frau und lächelte mir zu.

»Auf Wiedersehen und alles Gute.«

»Das wünsche ich dir auch.«

Ich hob die Hand zum Abschied und machte mich auf den Weg zurück zur Bahnhaltestelle.

Ich war erschöpft und froh darüber, bald im Zug sitzen zu können. Die Sonne stand tief und die Schafe auf der Weide hatten sich aneinander gekuschelt auf die Wiese gelegt. Ich kramte im Gehen mein Handy heraus, um es auf Nachrichten zu überprüfen und mir eine Zugverbindung für den Rückweg rauszusuchen. Doch der Akku hatte wohl schon vor einer Weile den Geist aufgegeben.

Ich steckte das Telefon zurück in die Tasche und setzte meinen Fußweg bis zur Bahnhaltestelle fort.

Dort angekommen studierte ich den Fahrplan und fand eine passende Zugverbindung. Ich fuhr wieder die ganze Nacht durch und versuchte ein bisschen zu schlafen, fand aber nicht die Ruhe dazu. Ich war ungeduldig und wurde immer unruhiger, je näher ich der Heimat kam. Nicht zu wissen, ob ich wirklich richtig gehandelt und Eli gerettet hatte, quälte mich zutiefst.

Also gab ich den Versuch zu schlafen auf und versuchte mich zu entspannen. In diesem Moment konnte ich nichts tun, um die Ankunft an meinem Ziel zu beschleunigen.

Ich sah meinem Gesicht in der spiegelnden Fensterscheibe entgegen, blickte mir selbst in die Augen und entdeckte plötzlich die Kraft, die ich während der letzten Tage gewonnen hatte. Die Stärke, die vielleicht schon immer da gewesen war, die ich aber jetzt erst imstande war zu erkennen. Und so sehr ich Eli vermisste und mich davor fürchtete, ihn vielleicht nie mehr wieder zu sehen, so glücklich war ich auch in diesem Moment, allein zu sein. Einfach ich und niemand sonst. Ich hatte eine schwere Aufgabe bewältigt, hatte die Angst in mir besiegt. Und nun musste ich nur noch abwarten. Das machte mich stolz und ließ mich ruhiger werden.

Als ich schließlich am Bahnhof in meiner Heimatstadt ausstieg, begab ich mich sofort auf den Weg zum Krankenhaus. Ich hatte zwar dringend eine Dusche nötig und mein Magen verlangte schon seit einer Weile nach einer ordentlichen Mahlzeit, aber das war vorerst Nebensache. Zuerst musste ich mich vergewissern, dass es Eli gut ging.

Ich polterte im Krankenhaus eilig durch den Gang und öffnete die Tür zu Elis Zimmer. In meiner Vorstellung stand er bereits aufrecht mitten im Raum und wir fielen uns glücklich in die Arme.

Doch sein Bett war leer. Das ganze Krankenzimmer war verlassen und offensichtlich momentan nicht in Benutzung, denn alle Oberflächen waren leergeräumt und die Betten mit Plastikfolie überzogen. Perplex blieb ich am Eingang stehen. War das jetzt ein gutes oder ein schlechtes Zeichen? War Eli vielleicht bereits aus dem Krankenhaus entlassen worden? Wie sollte ich ihn denn nun finden? Hoffentlich ging es ihm gut.

Ich trat zurück auf den Gang und hielt nach der freundlichen Krankenschwester Ausschau, die sich um Eli und eigentlich ja auch um mich gekümmert hatte. Kurz darauf, entdeckte ich sie tatsächlich, als sie eines der Zimmer verließ.

»Hallo«, sagte ich und eilte zu ihr.

Sie schenkte mir das herzliche Lächeln, das ich so an ihr mochte. »Hallo.«

»Wie geht es ihm?«, fragte ich ohne Umschweife.

Sie räumte gerade einige leere Wasserflaschen auf einen Wagen. »Wem? Ein wenig mehr Informationen musst du mir schon geben.« Sie lachte.

Ich wunderte mich darüber, dass sie nicht sofort wusste, von wem ich sprach. »Na, der Junge, zwei Zimmer weiter, bei dem ich immer zu Besuch war.«

Verständnislos sah sie mich an. »Ich weiß leider nicht, wen du meinst.«

»Erinnern Sie sich denn nicht an mich?«

»Doch, natürlich, Liebes. Aber ich weiß nicht, welchen Jungen du meinst. Wie heißt er denn?«

Ich wollte gerade seinen Namen nennen, aber dann hielt ich mich zurück, als mir einfiel, dass ich seinen Namen ja nie genannt hatte. »Das weiß ich nicht. Aber ich hatte den Krankenwagen für ihn gerufen.«

»Hm«, machte die Pflegerin und ich hatte das Gefühl, dass sie absolut nicht wusste, was ich meinte und von wem ich sprach. »Da kann ich dir leider nicht helfen. Und wir dürfen natürlich auch nicht einfach so Informationen über Patienten rausgeben.«

»Okay«, sagte ich niedergeschlagen und wusste nicht, was ich jetzt tun sollte. Ein Arzt steckte seinen Kopf aus einem der Zimmer und winkte die Pflegerin ungeduldig zu sich.

»Tut mir leid, ich muss jetzt weiterarbeiten.« Dann verschwand sie eilig durch die Tür.

Resigniert verließ ich das Krankenhaus. Wieso erinnerte sie sich an mich, hatte Eli aber vollkommen vergessen?

Das Baumhaus war nun mein letzter Verbindungspunkt zu Eli. Also machte ich mich auf den Weg, in der Hoffnung, dass er dort war und auf der Leiter sitzend auf mich warten würde.

Doch bereits, als ich das Baumhaus von Weitem sah, umfing mich das Gefühl, dass er nicht hier war. Trotzdem stieg ich die Leiter nach oben und suchte im Inneren nach Hinweisen darauf, ob er vielleicht hier gewesen war. Aber alles schien noch genauso zu sein, wie bei unserem letzten Treffen.

Was nun? Wie sollte ich ihn denn jetzt wiederfinden? Wo war er hingegangen? Was, wenn er doch im Krankenhaus gestorben war? Doch diesen Gedanken verbannte ich sofort aus meinem Kopf.

Mir fiel nichts mehr ein, was ich jetzt noch tun konnte. Ich setzte mich auf die Veranda des Baumhauses und überlegte, ob ich hier einfach auf ihn warten sollte. Da trafen mich die Müdigkeit und die Erschöpfung, die sich die letzten Tage angesammelt hatten, wie ein Schlag.

Ich legte den Rucksack neben mir ab und bettete meinen Kopf darauf, da ich kaum noch die Kraft hatte, aufrecht sitzenzubleiben. Ich gab mir größte Mühe, die Augen offen zu halten, doch glitt schon bald in einen tiefen Schlaf.

Als ich erwachte, ging gerade die Sonne hinter den Bäumen auf. Ich rappelte mich in eine aufrechte Position und streckte meine steifen Glieder. Ich hatte wohl die ganze Nacht durchgeschlafen. Ich stand auf, nahm meinen Rucksack und warf aus Gewohnheit einen Blick auf mein Handy. Der Akku war natürlich noch immer leer. Mein Magen knurrte und mein Mund fühlte sich vollkommen ausgetrocknet an. Es half ja nichts. Irgendwann musste ich wieder nach Hause.

Ich kletterte die Leiter hinab und schleppte mich durch den Wald zurück zu unserer Wohnung. Nicht, ohne nach Eli Ausschau zu halten und zu hoffen, dass er im nächsten Moment hinter einem Baum auftauchen und mich in die Arme nehmen würde. Doch das tat er nicht.

Kurz darauf öffnete ich die Tür zu unserem Haus und stieg die Treppe nach oben. Da fiel mir auf, dass die Tür von der Wohnung gegenüber einen Spalt offenstand. Von drinnen war ein wenig Gepolter zu hören. Und dann auch eine Stimme. Ich war mir sicher, dass das Elis Stimme gewesen war. Mit klopfendem Herzen klingelte ich.

Und tatsächlich war es Eli, der kurz darauf seinen Kopf durch den Spalt steckte. Er öffnete die Tür komplett. Ich war so glücklich, ihn endlich wohlbehalten wiederzusehen.

»Hallo?«, sagte er und zog die Stirn in Falten. Ich blickte in die braunen Augen mit den goldenen Sprenkeln, die mich verwundert ansahen. Und ich merkte sofort, dass er mich nicht mehr kannte.

»Du wohnst hier?«, fragte ich verwirrt.

»Ja, wir sind gerade eingezogen. Ich bin Eli.« Er streckte mir seine Hand entgegen und ich schüttelte sie.

Ich fragte mich, wen er mit ›wir‹ gemeint hatte, als auch schon ein großer Kerl, mit einem Umzugskarton beladen, geschäftig hinter Eli durch die Wohnung lief.

»Wer ist denn da?«, fragte dieser im Vorbeigehen.

»Ich weiß es nicht, sie hat sich bisher noch nicht vorgestellt.« Eli grinste mich frech an. »Das war mein Mitbewohner.«

Ich lächelte. »Oh ja, natürlich. Ich bin Emma.«

Es schmerzte, dass er sich nicht mehr an mich und unsere gemeinsame Zeit erinnern konnte.

Ich hatte mir so sehr gewünscht, in seine Arme zu fallen und ihm von meinen Erlebnissen der letzten Tage zu berichten. Doch meine Reise schien erfolgreich gewesen zu sein. Das war doch das Wichtigste, oder? Sein größter Wunsch schien in Erfüllung gegangen zu sein. Ich konnte mir nicht vorstellen, was genau passiert war, aber er hatte nun ein Zuhause und ein eigenes Leben bekommen, über das er selbst bestimmen konnte.

Mehr hätte ich mir für ihn nicht erhoffen können. Und ich war dankbar dafür, dass er weiterhin in meiner Nähe leben würde.

»Ich wohne gleich gegenüber«, sagte ich.

»Toll! Wir sind gerade noch am Aufbauen. Aber heute Abend wollen wir Chili kochen und anschließend gemeinsam Karten spielen. Komm doch dazu!«

Eli hatte eindeutig nichts von seiner Begeisterungsfähigkeit verloren. Darüber musste ich lachen.

»Ja, sehr gern«, antwortete ich und konnte es kaum erwarten.

Er musterte mich einen Moment. »Du kommst mir irgendwie bekannt vor. Wir werden uns bestimmt gut verstehen.«

»Das glaube ich auch.«

»Na dann, bis heute Abend! Ich habe noch viel zu tun.«

»Bis dann«, sagte ich.

Er schloss die Tür.

Und ich ging endlich nach Hause.

Ich ließ meine Sachen einfach im Flur stehen, zog die Schuhe aus und suchte nach einem Ladekabel. Ich steckte das Handy an und schaltete es ein.

Als erstes entdeckte ich eine Nachricht von Sina. Sie war aus Frankreich zurück und fragte mich, ob wir uns nachher treffen sollten. Ich schrieb ihr zurück und wir verabredeten uns für den Nachmittag im Park. Auch mein Vater hatte mir eine SMS geschrieben:

›Das Leben ist stetige Veränderung, aber ich bin immer für dich da. In zwei Tagen bin ich wieder zu Hause, Papa.‹
Ich freute mich sehr darüber und schrieb zurück:
›Viel Spaß noch auf deiner Reise. Bis dahin!‹

Außerdem hatte Luka mir eine Nachricht geschrieben. Es war der Link zu einem Forum, in dem die Leute die Möglichkeit erhielten, zu verschiedensten Themen Fragen zu stellen und sich darüber auszutauschen. In dem Beitrag, den er mir gesendet hatte, ging es darum, wie man am besten den Moment wahrnehmen und genießen konnte. Ich las die Antworten der verschiedenen User und stöberte noch ein wenig in dem Forum herum. Mir fiel auf, dass es unheimlich viele Menschen gab, die sich bezüglich ihrer Meinungen und Zukunftspläne sehr unsicher waren. Und ich fand es schön, dass sie sich auf dieser Plattform gegenseitig helfen konnten. Vielleicht konnte das ein Ziel für mich sein. Vielleicht konnte ich anderen Menschen dabei helfen, ihren eigenen Weg zu finden. Ich nahm mir vor, darüber nachzudenken.

Aber jetzt war es an der Zeit, etwas für mich zu tun.

Ich ließ Wasser in die Badewanne einlaufen, zog die dreckigen Klamotten aus und ging in Unterwäsche zur Stereoanlage. Dort schaltete ich meine Lieblingsplaylist an, drehte die Lautstärke auf und legte mich in die Wanne. Das warme Wasser umarmte mich und ich schloss entspannt die Augen. Ein Lied von Queen schlüpfte in die Wiedergabe. Ich dachte daran, dass Freddy Mercury bereits tot war und dass seine Stimme nun in meiner Wohnung wieder lebendig wurde. Auch das war ein besonderer Erfolg. Sein Werk lebte auf ewig weiter und konnte die Menschen auch lange nach seinem Tod noch berühren.

Als meine Haut schon ganz aufgeweicht und das Wasser nur noch lauwarm war, beendete ich mein Bad und zog mich an. Ich packte mir einen kleinen Rucksack und steckte mein Tagebuch sowie etwas zu Lesen ein. Außerdem eine kleine Flasche Eistee, einen Apfel und ein paar Müsliriegel. Dann verließ ich summend das Haus.

Die Sonne versteckte sich gerade hinter den Wolken. Aber es war angenehm warm.

Der Duft von frisch gebackenen Waffeln wehte durch die Straße. Es war ganz ruhig. Eine Frau mit zwei Babys im Kinderwagen kam vorbei. Ich lächelte ihr zu und wünschte ihr im Stillen alles Glück der Welt. Sie lächelte zurück.

Dann spazierte ich bis zum Park und setzte mich mitten auf die Wiese in das Gras. Ich schrieb meiner Mutter eine SMS, in der ich sie fragte, wie es ihr ging, und sagte, dass ich sie vermisste. Dann schaltete ich das Handy aus.

Ich blinzelte und blickte nach oben. Kribbelnd und glitzernd tänzelten die Blätter an den Ästen der Bäume, die sich im Wind hin und her wiegten. Die Sonne wand sich zwischen den Wolken hervor und wärmte mir das Gesicht. Ich packte mein Tagebuch aus und trank einen Schluck Eistee. Dann schrieb ich meine Erlebnisse und Gefühle der letzten Tage auf. Es war so viel passiert. Da Eli unsere gemeinsame Zeit vergessen hatte, wollte ich sie festhalten, und ich wollte auch Fia unbedingt so in Erinnerung behalten, wie sie jetzt in meinem Kopf herumtanzte.

Als ich fertig war, packte ich das Tagebuch wieder weg, lehnte mich zurück und ließ mir den seichten Wind um die Nase wehen.

Irgendwann tauchte Sina auf und setzte sich neben mich.

»Hi«, sagte ich. »Wie war es in Frankreich?«

»Erstaunlicherweise sogar ganz schön. Und ich denke, Niklas hat es auch gutgetan, dort zu sein. Aber vor allem die Zeit mit Ana hat sehr viel Spaß gemacht.«

»Das freut mich«, sagte ich und lehnte mich an ihre Schulter.

»Emma, ich wollte dir etwas sagen.«

»Was denn?«

»Ich glaube, ich war in letzter Zeit ziemlich auf mich selbst fixiert. Tut mir leid, wenn ich dadurch nicht für dich da war.«

»Nein, gar nicht. Bei mir war ja auch eine Menge los.«

Sie legte mir einen Arm um die Schultern. »Ich möchte nur immer eine gute Freundin für dich sein«, sagte sie.

Ich lächelte ihr zu. »Danke.«

»Wie waren denn deine Tage hier?«, fragte sie. »Wieso bist du noch mal nicht mit zur Hochzeit gekommen?« Sie machte ein nachdenkliches Gesicht. »Komisch, wie es aussieht, habe ich das vergessen, tut mir leid. Es war doch etwas sehr Wichtiges.«

»Nicht schlimm. Bei mir ist alles wieder in Ordnung.«

Also konnte sich auch Sina nicht an Eli und die Erlebnisse mit ihm erinnern. Es schien, als ob seine Zeit hier in Vergessenheit geraten war. Aber er hatte die Möglichkeit erhalten, neue Erinnerungen zu schreiben. Und ich freute mich darauf, Teil dieser Erinnerungen zu werden.

»Ich bin heute Abend bei meinen neuen Nachbarn zum Kartenspielen eingeladen«, erzählte ich Sina. »Kommst du mit?«

Ende

Nachwort

Es war immer mein Wunsch, Autorin zu werden. Indem Du dieses Buch gelesen hast, hast Du mir diesen Wunsch erfüllt. Dafür danke ich Dir.

Im Laufe der Jahre habe ich meine Manuskripte an viele Verlage gesendet und – sofern es überhaupt eine Antwort gab – immer nur Absagen erhalten. Aber ich wollte meinen Traum nicht aufgeben. Deshalb habe ich beschlossen, selbst Bücher zu veröffentlichen.

Solange der Traum nur ein Traum ist, bleibt er eine Möglichkeit. Ein schöner Lichtblick, der mich immer begleitet hat.

Doch als ich wirklich damit begonnen habe, die Gründung des Gedankenkunst Verlags in die Tat umzusetzen, war ich mit der Möglichkeit konfrontiert, dass mein Vorhaben scheitern könnte. Auch jetzt weiß ich nicht, ob unser Verlag erfolgreich sein wird. Die Angst vor dem Scheitern ist manchmal fast unerträglich groß. Aber wenn der Traum mächtig genug ist, wird er diese Angst besiegen.

Ich wünsche Dir, dass Du trotz aller Ängste und Sorgen den Mut aufbringst, das zu tun, was Du Dir erträumst. Finde heraus, was Du tun musst, um Dir Deinen Wunsch zu erfüllen, arbeite, um die jeweiligen Fähigkeiten zu erlernen, die Du brauchst, oder finde die Menschen, die das draufhaben, was Dir fehlt.

Es gibt bestimmt einen Weg.
Du musst die Tür nur öffnen.

Der Gedankenkunst Verlag ist Dein Verlag rund um Persönlichkeitsentwicklung und Fantasy-Literatur.

Gemeinsam kreieren wir großartige Werke. Und erschaffen Bücher, die Menschen etwas bedeuten. Uns ist es wichtig, wertschätzend und loyal zu sein.
Wir? Das sind Stami und Sarah, die beiden Gründerinnen des Gedankenkunst Verlags.
Du möchtest mehr über uns, unsere Bücher und unsere Vision erfahren?

Dann folge uns auf Instagram und werde Teil unserer Bewegung aus lesbarer Gedankenkunst, voll besonderer Bücher und Geschichten mit Bedeutung.

Wir freuen uns schon sehr auf Dich!

@ gedankenkunstverlag
# seiDeinEigenerHeld